KB059523

독일인의 사랑

DEUTSCHE LIEBE

Friedrich Max Müller

독일인의 사랑

막스 뮐러 지음 | 차경아 옮김

문예출판사

차 례

머리말

일찍이 자기 생애에서, 지금은 지하에서 잠들어 있는 이가 바로 얼마 전까지 쓰던 책상 앞에 앉아본 경험을 갖지 않은 사람이 어디 있을까?

또 지금은 묘지의 평안 속에서 안식을 찾아 누워 있는 한 인간의 가슴속 성스러운 비밀들이 여러 해 동안 감추어져 있던 서랍들을 열어보는 경험을 해보지 않은 사람이 어디 있을까? 그 안에는 그가 사랑하는 이가 그토록 소중히 여겼던 편지들이 놓여 있다. 또 사진들, 리본들, 그리고 페이지마다 표시가 된 수많은 책들. 이제 누가 그것들을 읽고 해명할 수 있을까? 빛바래 뿔뿔이 흩어진 이 장미 꽃잎들을 누가 다시 짜 맞추어, 신선한 향기가 나도록 소생시킬 수 있을까?

옛 그리스인들이 고인의 시신을 화장하려고 피워올렸던 불길들, 우리의 선인들이 한때 살아생전 누구에겐가는 더없이 소중했던 것들을 모조리 집어던졌던 불길들, 이 불길들은 지금도 이 같은 성스러운 유물들이 돌아갈 가장 확실한 안식처가 되고 있다. 살아남은 친구는, 지금은 영원히 감겨진 그 눈 외에는 일찍이 아무도 들여다본 적이 없는 종이쪽들을 주저주저 꺼리는 마음으로 읽는다. 그리고 건성으로 시선을 던지며 그 종이쪽들과 편지들에서 세인들이 중요하다고 칭하는 내용이 담겨져 있지 않다는 확신이 서면, 허겁지겁 달아오른 석탄 위에다 던져버린다—그렇게 그 종이쪽들은 다시 한번 활활 불꽃이 되어 타올랐다가 영 사라지고 만다!

다음의 수적(手迹)들은 그러한 불길 속에서 건져진 것들이다. 이 수적은 처음에는 고인의 친구들 사이에서만 읽혔지만, 그를 모르는 타인들 가운데서도 애독자들이 생겨나게 되었다. 따라서 그렇게 하는 것이 마땅하다 싶어 이제 이 수적을 다시금 미지의 독자들 세계로 보낼까 한다. 이 책을 엮은이로서는 더 많은 내용을 펴내고 싶었다. 그러나 그 종이쪽들이 너무나 많이 찢기고 파손되어 다시 원상으로 정리하여 묶을 수 없었음이 유감이다.

옥스퍼드, 1866년 1월

F. 막스 뮐러

첫째 회상

어린 시절은 그 나름의 비밀과
경이로움을 갖고 있다. 하지만 누가 그것들을
이야기로 엮을 수 있으며, 누가 그것을
해석할 수 있을까? 그때 우리는, 우리가 어디에 있었는지,
우리가 과연 누구였는지를 몰랐다.

어린 시절은 그 나름의 비밀과 경이로움을 갖고 있다. 하지만 누가 그것들을 이야기로 엮을 수 있으며, 누가 그것을 해석할 수 있을까? 우리는 모두 이 고요한 경이의 숲을 방황하여 빠져나왔다. 우리는 모두 한때 모든 감각이 마비된 행복감에 젖어 눈을 떴으며, 삶의 아름다운 현실이 우리의 영혼 위로 넘쳐흘렀었다. 그때 우리는, 우리가 어디에 있는지, 우리가 과연 누구인지를 몰랐었다. 그때는 온 세계가 우리 것이었으며, 우리 자신이 온 세계에 속해 있었다. 그것은 일종의 영원한 삶이었다. 시작도 끝도 없는, 정체와 고통도 없는. 우리의 마음속은 봄날 하늘처럼 맑았고 오랑캐꽃 향기처럼 신선했었다. 일요일 아침처럼 고요하고 성스러웠다.

그런데 무엇이 나타나 이처럼 신성한 어린이의 평온을 방해하는 것일까? 어찌하여 이 같은 무의식과 지순(至純)의 현존이

종식을 고할 수밖에 없는가? 무엇이 우리를 이처럼 완전하고 편재하는 행복감에서 몰아내어, 우리로 하여금 느닷없이 어두운 생의 한가운데 외롭게 홀로 서게 하는가?

심각한 표정을 하고, 그것을 죄악이라고 말하지는 마라! 그렇다면 어린이가 이미 죄악을 저지를 수 있단 말이냐? 차라리 우리는 그것을 모르며, 겸허히 그것에 순종해야 한다고 말하라.

꽃봉오리를 꽃으로 피우고, 꽃을 열매로 맺게 하며, 열매를 먼지로 돌아가게 하는 것이 죄악일까?

애벌레를 고치로 만들고, 고치를 나방으로 깨게 하며, 나방을 먼지로 돌아가게 하는 것이 죄악일까?

그리고 어린애를 어른으로, 어른을 백발로 물들이며, 백발 노인을 먼지로 돌아가게 하는 것이 죄악일까? 또 먼지란 무엇일까?

차라리 우리는 그것을 모르며 겸허히 그것에 순종해야 한다고 말하라.

하지만 인생의 봄날을 돌이켜 생각하고, 그 심부를 들여다보는 것—회상한다는 것은 실로 아름다운 일이다. 그렇다. 인생의 무더운 여름날에도, 흐린 가을날에도, 또 추운 겨울날에도 더러는 봄날이 있는 법이 아닌가. 마음은 "오늘은 내 기분이 봄날 같다"고 말하지 않는가.

오늘은 바로 그런 날이다. 그리하여 나는 향기로운 숲 속 푹

신한 이끼 위에 누워 무거운 팔다리를 한껏 뻗고, 초록빛 잎새 사이로 무한한 푸른 하늘을 올려다본다. 그리고 생각한다. 어린 시절에는 과연 어떠했던가.

그러자 모든 것이 잊힌 듯싶다. 기억의 처음 몇 페이지는 집안의 낡은 성경 책과 다름없다. 처음 몇 장은 완전히 빛이 바랬고, 좀 찢겨져 나간 데도 있으며, 더럽혀져 있다. 계속 여러 장을 넘겨 아담과 이브가 낙원에서 추방되는 대목에 이르러서야 비로소 온전하게 읽을 만한 깨끗한 페이지가 나온다. 단지 발행 장소와 연도가 적힌 표제지라도 붙어 있으면 좋으련만! 그렇지만, 그것은 영 없어져버렸고, 그 대신 우리는 말쑥한 사본 한 장을 발견할 뿐이다. 그것은 우리의 세례 증서다. 여기에는 우리가 태어난 날짜와 우리의 부모와 대부모의 이름이 적혀 있다. 따라서 우리는 스스로를 '발행 장소와 연도가 없는' 책자로 간주할 수가 없게 된다.

그렇지만 이런 식의 시작이라는 것—애초에 시작이라는 것이 없었더라면 좋았을 것을. 왜냐하면 그 시작에 접하려 들면 당장 일체의 생각과 기억이 정지해버리고 말기 때문이다. 따라서 우리가 어린 시절을, 또 거기서 거슬러 다시 끝없는 시작을 향해 되돌아가는 꿈을 꾸다 보면, 마치 그 심술궂은 시작은 끊임없이 앞장서 도망쳐버려 우리의 사고(思考)가 아무리 뒤쫓아 달려도 결코 그것을 따라잡지 못하고 만다. 그것은 마치 어린이가 푸른 하늘과 땅이 맞닿은 지평선을 향해 끊임없이 달리는 것과 다를 바 없는 일이다. 아이는 아무리 달려도, 하늘은 줄곧 아이를 앞장서 달아나버린다. 그래서 여전히 땅 위에 머물러 있는 하늘을 앞에 두고 아이는 지치고 끝내 지평선에는 이르지 못한다.

그렇지만 우리가 한 번쯤 일단 그곳에 도달했다 해도—애초에 그 일이 우리에게 어떻게 시작되었던가 하는 그 원점에 이르렀다 해도—대체 거기서 무엇을 알 수 있을까? 그렇다. 그 기억은 엄청난 파도에서 빠져나온, 그래서 그 파도 물이 눈에 들어가 눈을 뜨지 못하는 복슬강아지처럼 온몸을 떨고 있을 뿐이다. 그 복슬강아지의 모습이란 실로 괴이해 보이는 것이다.*

그렇긴 해도 나는 맨 처음 별들을 보았을 때의 일은 아직 기억할 수 있을 듯싶다. 어쩌면 별들은 그 이전에도 자주 나를 내려다보았을 것이다. 하지만 어느 날 밤인가, 어머니의 품에 누워 있는데도 날씨가 써늘한 듯 느껴졌다. 몸이 떨렸고 오싹 오한을 느꼈다. 아니면 두려웠던 것일까. 아무튼 잠시 동안, 조그마한 내 자아로 하여금 보통 때와는 달리 나 자신에게 더욱 주의를 환기시키는 무엇인가가 내 마음속에서 일어났다. 그때 어머니가 빛나는 별들을 가리켰다. 나는 신비스럽게 여기면서도, 바로 어머니가 저렇게 아름다운 별들을 만들어놓으신 것이라고 생각했다.

---

* 괴테의《파우스트》에 나오는 구절을 연상시킨다. 메피스토펠레스(악마)의 전신(前身)은 '기이한 복슬강아지'의 모습이었다.

그러자 다시금 따스함이 느껴졌고 아마 곧 잠이 들었을 것이다.

그리고 또 나는 언젠가 풀밭에 누워 있던 일을 기억한다. 내 주변의 만물이 흔들리며 고갯짓을 하고 윙윙대며 빙빙 돌고 있었다. 그때 발이 여럿 달리고 날개가 달린 작은 벌레들 한 떼가 몰려와 나의 이마와 눈 위에 앉으며 인사를 했다. 하지만 곧 눈이 몹시 아파와서 나는 소리쳐 어머니를 불렀다. 어머니는 "아이, 가엾은 녀석, 모기 떼에 쏘였구나!"라고 말씀하셨다. 나는 눈을 뜰 수가 없어 푸른 하늘을 볼 수도 없었다. 그런데 마침 어머니가 들고 계시던 신선한 오랑캐꽃 다발로부터, 그 짙푸른 빛의 신선한 향내가 내 눈 속으로 스며드는 느낌이 들었다. 지금까지도 처음 핀 오랑캐꽃을 볼 때마다 나는 그때 일을 떠올리며 꼭 눈을 감아야 할 것만 같은 기분에 사로잡힌다. 그래야만 그 옛날 짙푸른 하늘이 다시금 내 영혼 위로 솟아오를 것 같은 느낌이다.

그렇다. 그 다음으로 나는 다시금 하나의 새로운 세계가 내게 열려왔던 일을 기억한다. 그 세계는 별들의 세계나 오랑캐꽃 향기보다도 더 아름다운 것이었다. 그것은 어느 부활절 아침의 일이었다. 어머니는 일찌감치 나를 깨우셨다. 창 앞에는 오래된 우리의 교회가 보였다.

그 교회는 아름답지는 않았지만, 높은 지붕에 뾰족탑, 그리고 탑 꼭대기에 금빛 십자가가 달려 있었다. 하지만 역시 교회는 다른 건물들보다는 훨씬 낡고 우중충해 보였다. 한번은 그 안에 누가 사는지 알고 싶어서 쇠창살로 된 문틈으로 들여다본 적도 있었다. 그 안은 텅 비어 있고 춥고 썰렁해 보였다. 온 건물 안에 한 사람의 그림자도 보이지 않았다. 그리고 그때부터 나는 그 문을 지나칠 때마다 오싹 전율을 느끼곤 했다.

그런데 그 부활제 날 새벽녘에 비가 내리더니 아침이 되자 태양이 찬란하게 떠올랐다. 그러자 그 낡은 교회도 회색 슬레이트 지붕과 높은 창문들, 금빛 십자가 달린 탑과 더불어 경이로운 햇빛 속에 반짝였다. 그리고 높은 창문들에서는 갑자기 햇빛이 물밀 듯 쏟아져 들어와 출렁이며 생동하기 시작했다. 그 빛은 눈을 똑바로 뜨고 볼 수 없을 정도로 눈부시게 밝아서 나는 눈을 감았다. 그러자 햇빛은 곧장 나의 영혼 속으로 파고들어, 나의 내면에서 만물이 빛과 향기를 발하며 노래하고 진동하는 것만 같았다. 그때 나는 내 안에서 한 새로운 생명이 시작된 것처럼, 실로 내가 딴사람이 된 것처럼 느꼈다. 나는 어머니에게 그것이 무엇이냐고 물었다. 어머니는 교회에서 부르는 부활절 송가라고 말씀하셨다.

그 당시 내 영혼을 파고들었던 그 맑고 성스러운 노래가 과연 무슨 노래였는지를 지금껏 나는 알아내지 못했다. 그건 아마도 루터의 경직된 영혼까지도 종종 깨고 들어갔을 저 옛날 찬송가 중 하나였을 것이다. 그 후 나는 그 노래를 다시는 듣지 못했다. 하지만 지금까지도 베토벤의 아다지오나 마르첼로*의 송가, 아니면 헨델의 합창곡을 들을 때면, 심지어는 스코틀랜드 고원에서든 티롤 지방에서든 그저 소박한 민요를 들을 때까지도, 내게는 마치 그때 교회의 높은 창문이 다시 빛을 발하고 오르간 소리가 내 영혼 속으로 스며드는 것 같은, 그래서 새로운 세계가—별 하늘보다, 오랑캐꽃 향기보다 더 아름다운 세계가—열리는 것 같은 느낌이 든다.

이것들은 내가 맨 처음 어린 시절에서 아직도 기억하고 있는 것들이다. 그리고 그 사이로 간간이 사랑하는 어머니의 얼굴, 또한 인자하면서도 엄격한 아버지의 시선이 어른거린다. 그리고 또 정원과 포도 잎새, 폭신한 푸른 잔디와 낡고 소중한 그림책들—이것들이 빛바랜 페이지들에서 아직도 그나마 읽어낼 수 있는 전부다.

그리고 그 다음 페이지부터는 갈수록 선명하고 맑아진다. 숱한 이름들과 모습들이 등장한다. 어머니, 아버지뿐 아니라 형제와 누이들, 친구와 스승들 그리고 수많은 '타인들'. 아, 그렇다. '낯선 타인들에 관하여'—수많은 것이 이 회상에는 기록되어 있다.

* Benedetto Marcello(1686~1739): 이탈리아 베니스 출신으로 당대 최고의 교회 송가 작곡가.

둘째 회상

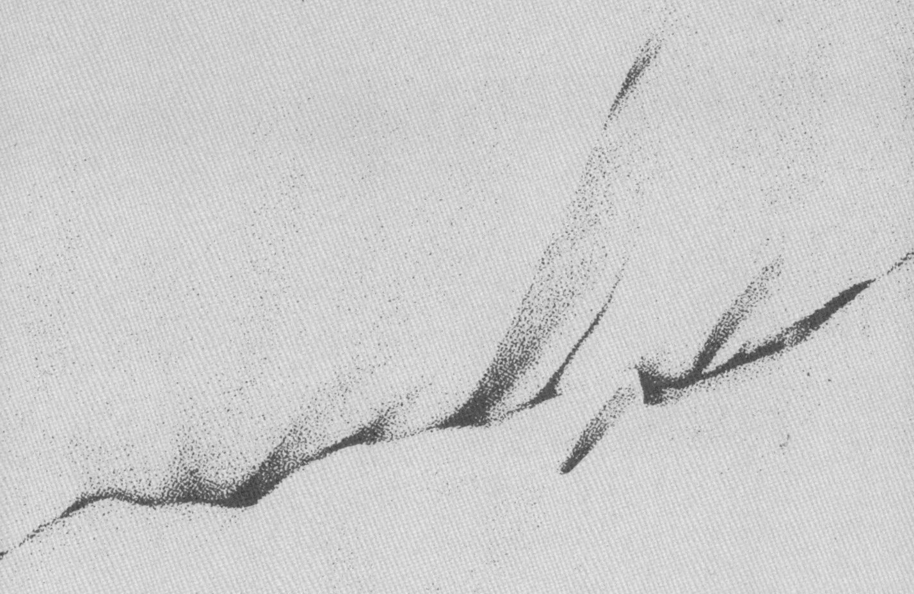

우리는 서서 걷는 것, 말하고 읽는 것을 배운다.
하지만 사랑만은 아무도 가르쳐주지 않는다.
사랑은 생명과 더불어 이미 우리에게 속해 있는 것이기 때문이다.
태양빛이 없으면 한 송이 꽃도 피지 못하듯,
사랑이 없으면 인간은 살아갈 수가 없다.

우리 집 가까이, 그 금빛 십자가가 달린 낡은 교회 맞은편에 커다란 저택이 한 채 서 있었다. 교회보다 더 높고, 수많은 탑들이 솟은 건물로, 그 탑들 역시 우중충한 회색의 낡은 모습이었다. 하지만 그 탑 꼭대기에는 금빛 십자가 대신 돌로 된 독수리 형상들이 앉아 있고, 바로 높다란 대문 위로 솟은 제일 높은 탑에는 희고 푸른 큼직한 깃발이 하나 펄럭이고 있었다.

대문은 계단을 통해 올라가도록 되어 있는데, 문 양옆으로 기마병이 둘 보초를 서고 있었다. 또 그 저택에는 창문이 수없이 많이 달려 있고, 창문 안쪽으론 금빛 술이 달린 비단 커튼이 보였다. 안마당에는 늙은 보리수나무가 빙 둘러서 있어서 여름이면 그 푸른 잎새로 회색 성벽에 그림자를 던져주고, 향기로운 흰 꽃을 잔디에다 뿌렸다.

나는 그 집 안을 자주 들여다보곤 했다. 보리수 향기가 진동하고 창문에 등불이 켜지는 저녁녘이면, 수많은 사람들이 그림자처럼 어른거리는 모습이 보였다. 음악 소리가 위층으로부터 울려 나왔다. 마차들이 와 닿으면 수많은 남녀들이 내려 층계를 서둘러 올라가곤 했다.

그들은 한결같이 훌륭하고 아름다워 보였다. 남자들은 가슴에 별 모양 훈장을 달았고, 여자들은 머리에 신선한 꽃을 꽂았다. 그럴 때면 나는 곧잘 '너는 왜 저 안에 들어가지 못하니?' 하고 생각하곤 했다.

어느 날, 아버지가 나의 손을 붙잡고 말씀하셨다.

"우리 저 성에 가도록 하자. 그렇지만 후작 부인과 얘기할 때는 예의 바르게 행동해야 한다. 또 그분의 손에 키스를 해드려야 하는 거야."

나는 그때 여섯 살쯤 되었을 것이다. 그러니까 여섯 살짜리가 느낄 수 있는 한 그 나이다운 기쁨에 어쩔 줄 몰랐다. 이미 나는 수없이 마음속으로, 저녁이면 불 켜진 창문에 비치던 그림자의 주인들에 대해 상상했고, 또 집 안에서도 여러 차례 후작과 그 부인의 훌륭한 인품에 대해 들어온 터였다. 그들이 얼마나 자비심이 많으며, 가난하고 병든 자들에게 도움과 위안을 주었으며, 또 그들은 착한 이들을 지켜주고 악인들을 벌하기 위해 하느님이 손수 택하신 인물이라는 등의 이야기였다. 그렇게 이미 오래전부터 성 안에서 일어날 법한 모든 일을 머릿속에 그려왔으

므로, 후작과 후작 부인은, 내가 가진 호두까기 인형이나 납으로 만든 장난감 병정처럼 이미 내게는 너무나 친숙해진 존재였다.

아버지와 함께 높은 층계를 올라갈 때 내 가슴은 방망이질을 했다. 아버지가 내게 후작 부인께는 '비전하(妃殿下)'라고 부르고, 후작께는 '전하'라고 불러야 한다고 설명을 하시는데, 어느새 문이 활짝 열리고 내 앞에는 빛나는 눈을 가진 한 늘씬한 여인의 자태가 나타났다.

그 부인은 막 내게 다가와 손을 내밀려는 듯 보였다. 그녀의 얼굴에는—오래전부터 내게 친숙한—표정이 깃들어 있고 신비스러운 웃음이 뺨 위로 흘렀다. 그러자 나는 이미 가만히 참고 있을 수가 없었다. 영문을 알 수 없게도 아버지는 그냥 문께에서 머리를 조아리고 계셨다. 하지만 나는 목구멍까지 차오른 간절한 마음에 못 이겨 곧장 그 아름다운 부인에게로 달려가 목에 매달려 어머니에게 하듯이 키스를 했던 것이다. 아름답고 키 큰 부인은 내 행동을 기꺼이 받아들이며, 내 머리를 쓰다듬고 웃음을 지었다.

그러나 아버지가 다가와 내 손목을 잡아끌고 가며 내가 아주 버릇없이 굴었다고, 다시는 이곳에 데려오지 않겠노라고 다그치시는 것이었다. 나는 머릿속이 혼란해지며 뺨이 상기됐다. 아무래도 아버지의 처사가 부당하다는 느낌이 들었다. 그래서 후작 부인이 나를 두둔해주리라는 기대감으로 그녀를 쳐다보았다. 하지만 그녀의 얼굴에는 부드러우면서도 엄한 표정이 깃들어 있을 뿐이었다. 이어서 방 안의 다른 신사 숙녀들 쪽을 바라보며 그들은 그래도 내 편을 들어주리라고 생각했다. 그러나 그들은 모두 웃음을 터뜨릴 뿐이었다. 내 눈에서는 눈물이 마구 쏟아져 나왔다. 그래서 그 자리를 도망쳐 문밖으로 뛰쳐나와 층계를 내려왔고, 성 안마당 보리수를 지나 집으로 돌아와 마침내는 어머니 품에 쓰러지듯 안기며 훌쩍훌쩍 흐느꼈다.

"무슨 일이 있었니?" 하고 어머니가 물으셨다.

"아, 어머니" 하고 나는 외쳤다. "후작 부인을 만났는데, 아주 상냥하고 아름다운 분이었어요, 꼭 어머니처럼요. 그래서 부인의 목을 얼싸안고 입을 맞추지 않을 수 없었던 거예요."

"저런, 그래서는 안 되는 짓을 했구나. 왜냐하면 그분들은 낯선 타인들이고, 지체 높은 분들이기 때문이란다."

"대체 낯선 타인이라는 게 뭔데요? 그럼, 다정한 눈길로 나를 바라보는 사람들을 좋아하면 안 된다는 건가요?"

"그들을 좋아할 수는 있단다. 그렇지만 그걸 겉으로 드러내면 안 되는 거야."

"그럼, 사람들을 좋아하는 것이 옳지 않은 일인가요? 왜 내가 좋아하는 마음을 보이면 안 되는 거지요?"

"그래, 네 말이 옳다. 그렇지만 너는 아버지가 말씀하시는 대로 따라해야 돼. 좀 더 나이가 들면 너도 알게 될 거다. 왜 다정한 눈길을 가진 모든 아름다운 여인을 얼싸안으면 안 되는지."

그날은 참 우울한 날이었다. 아버지는 집으로 돌아오셔서도 내가 버릇없이 굴었다는 얘기를 고집하셨다. 밤이 되어 어머니가 나를 침대로 데려가셨고, 나는 기도를 올렸다. 하지만 좀체로 잠을 이룰 수 없었고, 내가 좋아해서는 안 된다는 낯선 타인들이란 어떤 존재일까를 줄곧 생각했다.

너, 가엾은 인간의 마음이여! 그렇게 해서 이미 봄철에 너의 꽃잎들은 너무도 빨리 꺾이고, 네 날개에서는 깃들이 뜯겨나가는구나!

인생의 새벽빛이 영혼 안에 감추어진 꽃받침을 열어줄 때면 마음 깊은 곳에서는 온통 사랑의 향기가 풍기게 마련이다. 우리는 서서 걷는 것, 말하고 읽는 것을 배운다. 하지만 사랑만은 아무도 가르쳐주지 않는다. 사랑은 생명과 더불어 이미 우리에게 속해 있는 것이기 때문이다. 실로 사랑은 우리 현존의 가장 심오한 바탕이라고들 말한다. 천체들이 서로를 끌어당기고 서로에게 기울며 영원한 중력의 법칙에 따라 응집하고 있듯이, 타고난 영혼들 역시 서로에게 기울며 끌어당기고, 사랑의 영원한 법칙에 따라 결속하고 있다. 태양 빛이 없으면 한 송이 꽃도 피지 못하듯, 사랑이 없으면 인간은 살아갈 수가 없다.

낯선 세계의 차가운 돌풍이 어린이의 작은 가슴에 처음으로 불어 닥칠 때, 만약 어머니와 아버지의 눈에서 내비치는—마치 신의 빛, 신의 사랑의 반영처럼 내비치는—따스한 사랑의 햇빛이 없다면, 어찌 어린이의 가슴이 그 두려움을 감당할 수 있을까? 그러고 나서 어린이의 내부에서 눈뜨는 동경—이것이야말로 가장 순수하고 심오한 사랑이다. 그것은 온 세계를 포괄하는 사랑이다. 그 사랑은 인간의 열린 눈빛이 반사될 때 타오르며, 인간의 목소리가 들리는 곳에서 환호한다. 그것은 태곳적부터 있어온 도저히 헤아릴 수 없는 사랑이요, 어떤 추를 사용해도 측량해낼 수 없는 깊은 샘물, 아무리 퍼내도 고갈되지 않는 분수다.

사랑을 아는 이는, 사랑에는 척도가 없는 것, 크다거나 작다거나 하는 비교가 있을 수 없다는 것, 사랑하는 사람은 오로지 온 마음, 온 영혼, 온 힘과 온 정성을 다해야만 사랑할 수 있다는 것을 깨닫고 있다.

하지만 우리가 생의 여정을 미처 절반도 가기 전에, 남아 있는 사랑의 부분이 어쩌면 이토록 보잘것없어지고 마는지! '낯선 타인'의 존재를 배우면서부터 어린이는 이미 어린이임과 고별한다. 사랑의 샘물에는 뚜껑이 덮이고, 세월이 흐름에 따라 완전히 흙모래에 묻힌다. 우리의 눈은 어느덧 정기를 잃고, 우리 자신은 심각하고 지친 표정으로 시끌벅적한 거리들을 스쳐 지나간다. 우리는 거의 인사도 않는다. 왜냐하면 인사에 응답이 없는 경우 얼마나 에는 듯 가슴에 상처를 입는가를, 또 일단 인사를 나누고 악수를 했던 이들과 헤어진다는 것이 얼마나 가슴 아픈 일인가를 우리는 알기 때문이다.

영혼의 날개는 깃을 잃어가고 꽃잎들은 거의 뜯겨나가고 시들어버린다. 그리고 고갈될 수 없는 사랑의 샘에는 단지 몇 방울 물밖에 남아 있지 않다. 이 단 몇 방울의 물에 매달려 우리는 혀를 축이고 갈증으로 타 죽는 것을 겨우 면하는 것이다.

하지만 그것은 이미 순수하고 완전한, 기쁨에 충만한 어린이의 사랑은 아니다. 그것은 두려움과 궁핍이 섞인 사랑—작열하는 불꽃이요, 타오르는 정열일 뿐이다. 달아오른 모래 위에 떨어지는 빗방울처럼 스스로를 소모하는 사랑—갈망하는 사랑이지 헌신하는 사랑이 아니다. 나의 것이 되어달라고 요구하는 사랑이지 너의 것이 되고 싶다고 말하는 사랑이 아니다! 그것은 자기 본위의, 의혹이 뒤섞인 사랑이다! 이것이 바로 시인들이 노래하며 젊은 남녀들이 믿고 있는 사랑이라는 것의 실체다. 그것은 타오르다 주저앉는 한가닥 불꽃, 온기를 주지도 않고 다만 연기와 잿더미만 남긴다. 우리는 이렇게 모두 한때는 이 같은 불꽃놀이를 영원한 사랑의 햇빛이라고 믿는다. 그러나 그 불꽃이 환하면 환할수록 뒤따르는 어둠의 농도는 더욱 짙은 법이다.

그러고 나서 사방 만물이 어두워지고, 우리가 진정 외로움을 느끼게 될 때, 좌우 모든 사람들이 우리를 스쳐 지나가며 우리를 알아보지 못할 때, 잊었던 감정의 한 줄기가 어쩌다가 가슴속에서 솟구치곤 한다. 우리는 그것이 무엇인지를 모른다. 그것은 사랑도, 우정도 아니기 때문이다. "나를 모르시겠습니까?"—낯설고 냉담하게 스쳐 지나가는 모든 이들을 향해 우리는 소리치고 싶어진다.

그때 우리는 인간과 인간의 사이가 형제지간이나 부자지간, 또 친구지간보다 더 가까워져 있음을 느낀다. 그리고 마치 성서의 낡은 잠언 구절처럼, '낯선 타인'이 가장 가까운 이웃이라는 말이 우리의 영혼 속으로 파고들어 울린다. 그렇다면 왜 우리는 말없이 그들을 스쳐 지나가야 하는가. 아마도 우리는 그것을 알지 못하며, 겸허히 그것에 순종해야 할는지 모른다.

그러나 한 번쯤 시도해보라. 기차 두 대가 서로 엇갈리며 철로 위를 질주하는데, 너를 향해 인사를 하려는 듯한 낯익은 눈을 발견했을 때, 손을 내밀어 너를 스쳐가는 친구의 손을 잡아보라. 그러면 너는 아마도 알게 되리라. 왜 이 세상에서의 인간은 말없이 인간을 스쳐 지나가는지를.

어느 옛 현자는 이런 말을 했다.

"나는 난파당한 한 조각배의 파편들이 바다 위를 떠다니는 것을 본 적이 있다. 그 파편 중에는 서로 부딪쳐 잠시 엉겨 붙어 있는 것들마저 극히 드물다. 곧 폭풍이 몰아쳐 그것들을 각기 반대 방향으로 몰아간다. 그리하여 두 파편은 이 지상에서는 다시는 못 만날 것이다. 인간의 경우 역시 이와 같은 것이다. 하지만 엄청난 난파를 본 사람은 지금껏 아무도 없지 않은가."

셋째 회상

그 당시 나는 벌써 소년으로 자라 있었다.
나는 소년답게 그녀를 한껏 사랑하고 있었던 것이다.
소년들은 청년기와 장년기에는 이미 사라진 순수함으로
온 마음을 다해 사랑하는 법이다.

어린 시절의 하늘에 떠 있는 구름은 오래가지 않는다. 따뜻한 눈물 같은 비를 잠깐 흘리고 나면 곧 사라지게 마련이다. 그렇듯 나는 얼마 안 가 다시 그 성에 갔고, 후작 부인은 내게 키스를 하도록 손을 내밀었다. 그리고 나서 부인은 자신의 자식들, 어린 공자와 공녀들을 데려왔고, 우리는 오랫동안 사귄 친구들처럼 어울려 놀았다.

학교에서 돌아와—그때 벌써 학교에 다니고 있었다—그 성에 놀러 갈 수 있었던 그때는 참으로 행복했던 시절이었다. 거기에는 마음속으로 갈망하던 모든 것이 있었다. 어머니가 상점 진열장을 가리키면서 가난한 사람들이 한 주일 내내 먹고살 돈을 내야 살 수 있다고 설명해주셨던 값비싼 장난감들이 그 성에는 얼마든지 있었다. 그리고 후작 부인에게 청하면 그것들을 집으로 가져와 어머니께 보일 수도 있었고, 때로는 내가 아주 가질 수도 있었다. 또 책방에서 아버지와 함께 본 예쁜 그림책들, 그렇지만 아주 착한 아이들만 가질 수 있다고 했던 그림책들도 나는 그 성에서 종종 뒤져보며 몇 시간이고 들여다볼 수도 있었다. 어린 공자들에게 속한 것이면 무엇이든 나도 가질 수 있었다. 최소한 나는 그렇게 믿었다. 왜냐하면 나는 내가 원하는 것을 가져갈 수 있을 뿐만 아니라, 때로는 장남감들을 다른 아이들에게 선사하기도 했기 때문이다. 요컨대, 나는 문자의 의미 그대로 한 사람의 어린 공산주의자였다.

다만 언젠가 이런 일이 있었던 것이 기억난다. 팔에 휘감으면 꼭 살아 있는 것처럼 보이는 금빛 나는 뱀팔찌를 후작 부인이 우리에게 갖고 놀라며 주셨다. 집에 돌아올 때 나는 그것을 팔에다 감고 있었다. 그렇게 어머니를 깜짝 놀라게 해드릴 속셈이었다. 그런데 길가에서 한 부인을 만났다. 부인은 내가 가진 금빛 나는 뱀을 보고는 구경 좀 하자고 청하더니, 그런 금으로 된 뱀을 가질 수 있다면 남편을 감옥에서 풀려나오게 할 수 있을 것이라고 말했다. 당연히 나는 한순간도 생각하지 않고 황금 뱀팔찌를 그 여인한테 던져주고 집으로 뛰어와버렸다. 그 이튿날 한바탕 소동이 벌어졌다. 그 불쌍한 여자가 성으로 끌려와 울고 있고, 사람들은 그 여자가 나한테서 팔찌를 훔쳤다고들 떠들었다. 그 소리를 듣자 나는 너무도 화가 나서 그 팔찌는 내가 그 여자에게 선사한 것이며, 나는 그것을 다시는 갖고 싶지 않다고 진지하게 열을 내어 설명했다. 다음 일이 어떻게 되었는지는 모른다. 그렇지만 그 일이 있고 난 뒤부터는 내가 집으로 가져오는 물건을 일일이 후작 부인에게 보였던 것만은 기억한다.

그렇지만 내게 '내 것'과 '남의 것'이라는 개념이 완전히 개발되기까지는 그러고도 한참이 걸렸다. 나는 빨간색과 파란색을 구별하는 데도 꽤 오랜 시간이 걸렸는데, 마찬가지로 내 것과 남의 것의 구별은 한동안 애매한 혼동을 이루었다. 그런 일로 친구들 웃음거리가 되었던 맨 마지막 사건을 지금도 기억한다.

그것은 어머니가 내게 사과를 사오라고 돈을 주셨을 때의 일이다. 어머니는 1그로센짜리 은화를 주셨다. 그런데 사과 값은 6페니히밖에 되지 않았다. 가게 주인 여자한테 1그로센짜리 은화를 내주자, 여인은 내가 보기에 아주 우울한 표정으로 오늘은 하루 종일 아무것도 팔지 못했기 때문에 거스름돈이 한 푼도 없노라 말했다. 그러고는 1그로센어치를 모두 사가길 원하는 것이었다. 그때 6페니히짜리 동전이 내 주머니에 있다는 생각이 언뜻 떠올랐다. 그것이면 지금의 곤란한 문제가 풀릴 거라는 생각에 기뻐하면서 그것을 부인에게 내주며 말했다.

"이제 이걸로 나한테 6페니히를 거슬러줄 수 있잖아요?"

하지만 그녀는 내 뜻을 영 알아채지 못하고는 1그로센짜리 은화를 나에게 되돌려주고 6페니히짜리 동전을 받아 넣었던 것이다.

내가 거의 매일처럼 어린 공자들과 놀기 위해, 그리고 얼마 후에는 같이 프랑스어를 배우기 위해 성으로 올라갔던 그 시절, 나의 기억 속에 파고든 또 하나의 모습이 있다. 그것은 후작의 딸로 백작 지위를 가진 마리아라는 소녀였다. 그녀의 어머니는 출산 직후 세상을 떠나, 후작은 재혼을 했던 것이다.

내가 그녀를 언제 처음 보았는지는 기억이 나지 않는다. 그녀는 숱한 기억의 어둠으로부터 아주 서서히 모습을 드러내고 있다. 처음에는 투명한 그림자처럼 아련한 모습이던 것이 점점 윤곽이 잡히며 나를 향해 가까이 다가오고 있다. 그러고는 폭풍우 치는 밤 홀연히 구름 베일을 벗고 얼굴을 드러낸 달과 같이 마침내 내 영혼 앞에 우뚝 서 있는 것이다.

당시 그녀는 늘 병에 시달렸으며 말이 없었다. 내가 볼 때마다 늘 침대 위에 누워 있었다. 침대에 누인 채 두 명의 장정이 우리들 방으로 옮겨왔고, 그녀가 피곤해지면 다시 옮겨가곤 했다. 그렇게 그녀는 온통 새하얀 차림으로 누워서 두 손은 대개 앞으로 모아 쥐고 있었다. 얼굴은 말할 수 없이 창백했지만 그래도 그녀는 온화하고 아름다웠고, 눈은 깊이를 헤아릴 수 없이 그윽했다. 그래서 나는 곧잘 생각에 잠겨 앞에 서서 그녀의 모습을 바라보며 '이 여자도 낯선 타인에 속할까?' 하고 자문해보곤 했다. 그럴 때 그녀는 종종 내 머리에 손을 얹곤 했다. 그러면 마치 무엇인가 내 온몸을 통해 흐르는 것 같은 느낌이 들었고, 나는 도망칠 수도, 뭐라고 입을 뗄 수도 없이 꼼짝없이 사로잡혀 그녀의 그윽하고 깊이를 헤아릴 수 없는 눈을 들여다보곤 했다.

그녀는 우리와 별로 얘기를 나누지도 않았지만 우리가 노는 모습을 열심히 주시했다. 그리고 우리가 날뛰며 소란을 피울 때에도, 한마디 불평 없이, 다만 두 손을 그 새하얀 이마에 얹고 자는 듯 눈을 감았다. 하지만 어떤 날에는 한결 기분이 좋아졌노라고 말하며 침대 위에 똑바로 앉아 있는 때도 있었다. 그럴 때면 그녀의 얼굴에 새벽노을 같은 홍조가 떠올랐고, 우리와 어울려 얘기도 하고, 진기한 이야기들을 들려주기도 했다.

그 당시 그녀가 몇 살이었는지는 알지 못한다. 그토록 무기력해서인지 어린애처럼 보이기도 했지만, 진지하고 조용한 태도로 미루어 볼 때 이미 어린애가 아닐 수도 있었다. 그녀에 관해 말할 때면 사람들은 무의식중에 소리를 죽여 말하곤 했다. 그들은 그녀를 천사라고 불렀다. 그녀와 연관시켜 착한 것이니 사랑스러운 것이니 하는 말 외에 딴 소리를 들은 적이 없다.

곧잘 나는 그렇게 기운이 빠져서 말없이 누워 있는 그녀의 모습을 보며, 저 여인은 평생 동안 걸을 수 없겠구나, 아무런 일도 할 수 없고 기쁨도 없겠구나, 언젠가 영원한 안식처로 아주 갈 때까지 침대에 실린 채 사람들의 손을 빌려 이리저리 옮겨 다녀야 하겠구나라고 생각했다. 그러고는 천사의 품에 포근히 안겨 있어도 좋을 그녀가 왜 굳이 이 세상에 보내졌을까, 수많은 성화

(聖畵)들에 그려져 있듯이 천사의 부드러운 날개에 실려 공중을 날 수도 있을 텐데, 하고 스스로에게 묻곤 했다.

그럴 때면 나는 그녀의 고통 일부를 떼어 받아야 할 것 같은 느낌에 사로잡혔다. 그녀가 홀로 고통을 겪지 않고, 우리 모두가 그녀와 고통을 나누기 위하여. 그렇지만 그런 말들을 그녀에게 할 수는 없었다. 하기는 나도 사실 그 모든 것을 잘 모르고 있었으니까. 나는 다만 무엇인가를 느끼고 있었을 뿐이다. 그렇다고 대놓고 그녀의 목을 얼싸안아야겠다는 그런 느낌은 아니었다. 아무도 그래서는 안 되었다. 그것은 그녀에게 아픔만을 주었을 테니까. 그러나 그녀가 고통에서 벗어나도록 그녀를 위해 마음 밑바닥으로부터 기도를 올릴 수는 있을 것 같았다.

어느 따뜻한 봄날이었다. 그날도 그녀는 우리들 방으로 옮겨졌다. 아주 창백한 모습이었지만 눈만은 어느 때보다도 그윽하고 반짝였다.

그녀는 침대에 앉아 우리를 자기 곁으로 불렀다.

"오늘이 내 생일이야"라고 그녀는 입을 뗐다. "새벽에 견신례에 다녀왔단다. 이제 하느님께서 나를 곧 당신 곁으로 불러들일 수도 있을 거야."

그녀는 웃음을 머금고 아버지를 바라보며 말을 이었다.

"물론 나는 너희들 곁에 오래 머물고 싶지만, 언제고 내가 너희를 떠나더라도 나를 완전히 잊어버리지 않기를 바라. 그래서 너희들 모두에게 반지를 하나씩 가져왔어. 지금은 이것을 너희들 집게손가락에 끼워두렴. 그리고 너희들이 자라면 그 반지를 차례로 옮겨 끼는 거야. 나중에는 새끼손가락밖에는 맞지 않게 되겠지만……. 그렇지만 평생 동안 이 반지를 끼는 거야, 응?"

이 말을 하고 나서 그녀는 자신의 손가락에 끼고 있던 다섯 개의 반지를 차례로 뽑았다. 그러는 그녀의 모습이 너무나 처연하면서도 다정해 보였기 때문에 나는 울지 않으려고 두 눈을 감아버렸다. 그녀는 첫 번째 반지를 맨 위 남동생에게 주고는 입을 맞추었다. 그러고 나서 두 번째와 세 번째 반지를 두 공녀에게, 또 네 번째 반지는 막내동이 공자에게 주며, 반지를 줄 때마다 각각 키스를 했다.

나는 옆에 서서 꼼짝 않고 그녀의 새하얀 손을 지켜보고 있었다. 아직 그녀의 손가락엔 반지가 하나 남아 있었다. 하지만 그녀는 이제 기진한 듯 몸을 기댔다. 그때 나의 눈과 그녀의 눈이 마주쳤다.

어린애의 눈은 입보다 훨씬 큰 웅변을 하는 법. 그래서 그녀는 내 마음속 소리를 들었던 모양이다. 마지막 반지라면 나는 차라리 받고 싶지 않은 심정이었다. 그렇지만, 나는 한낱 타인이라는 것, 나는 그녀에게 속해 있지 않으며, 그녀가 자신의 형제나 자매보다는 나를 덜 사랑한다는 것을 느끼고 있었다. 그러자 가슴속 한 줄기 혈관이 터지는 듯한, 아니면 신경이 한 올 잘려나가는 듯한 고통이 덮쳐왔다. 이 괴로움을 감추기 위해 어디에다 시선을 두어야 할지 나는 갈피를 못 잡고 있었다. 그런데 그녀가 몸을 일으켜 앉더니 내 이마에 손을 얹고 내 눈 속을 깊숙이 들여다보았다. 그렇게 그녀는 내 머릿속 생각을 속속들이 읽는 것만 같았다. 그러더니 천천히 손가락에서 마지막 반지를 뽑아 내게 주며 말했다.

"이건 너희를 떠날 때 내가 갖고 가려던 것이야. 그렇지만 이건 네가 끼는 것이 더 낫겠어. 그래서 내가 세상에 없을 때 나를 생각해주는 편이. 그 반지에 새겨진 말을 읽어보렴, '신의 뜻대로'라고 씌어 있어. 너는 거친 마음과 동시에 온순한 마음을 갖고 있는 아이야. 살아가면서 그 마음을 온순하게 다스리도록 하렴. 냉혹하게 만들지는 말고."

그러면서 그녀는 남동생에게처럼 내게 키스를 하고 반지를 주었다.

그때 내 마음속에서 무슨 일이 벌어졌는지를 지금으로서는 실로 알 수가 없다. 그 당시 나는 벌써 소년으로 자라 있었다. 따라서 괴로워하는 천사의 포근한 아름다움은 이미 내 어린 가슴에 매력으로 자리잡았을 것이다. 나는 소년답게 그녀를 한껏 사랑하고 있었던 것이다. 소년들은 청년기와 장년기에는 이미 사라진 순수함과 진심, 그리고 온 마음을 다해 사랑하는 법이다.

그러면서도 당시 나는 그녀가 사랑한다는 말을 해서는 안 될 타인에 속한다고 믿고 있었다. 다만, 그녀가 내게 했던 진지한 말들은 건성으로 듣고 있었지만 두 사람의 영혼이 가까워질 수 있는 한 가장 가까이, 그녀의 영혼이 내 영혼에 접근했음을 느끼고 있었다.

온갖 쓰라린 고통이 내 가슴으로부터 씻은 듯 사라졌다. 이미 나는 혼자가 아니며, 타인이나 제외된 자가 아니었다. 나는 그녀 곁에, 그녀와 더불어, 그녀의 마음속에 있음을 느꼈다. 뒤이어 나는, 내게 반지를 준 것은 그녀에게 있어 일종의 희생이라는 것, 그녀는 그것을 무덤에까지 갖고 가고 싶어 했으리라는 생각을 했다. 그러자 내 마음속에는 하나의 감정이 솟구쳐 다른 모든 감정을 압도했다. 나는 주저하는 목소리로 말했다.

"이 반지를 내게 선사하고 싶으면 그냥 네가 갖고 있어. 너의 것은 곧 내 것이니까."

그녀는 한동안 어리둥절한 시선으로 생각에 잠겨 나를 유심히 보았다. 그러고는 반지를 받아 자기의 손가락에 끼고는, 다시 한번 나의 이마에 입을 맞추고 나직한 소리로 말했다.

"너는 내가 하는 말을 모르고 있어. 이해하는 것을 배우도록 하렴. 그럼 너는 행복해질 거야. 또 많은 다른 이들도 행복하게 할 수 있을 거야."

넷째 회상

그렇다. 그녀는 내게 현실 안에는 존재하지도 않고,
또 존재할 수도 없는 그런 형체로 부상되어 있었다.
그녀는 나의 수호천사, 나의 또 다른 자아로
화해 있었던 것이다.

어떤 인생에든 어느 시기 동안은 자기가 어디에 있는지도 모르며, 먼지투성이 단조로운 포플러 가로수 길을 맹목으로 걸어나가는 것 같은 그런 때가 있는 법이다. 따라서 그 시기에 관해 기억에 남아 있는 것이라고는, 자신은 먼 길을 걸어왔으며, 늙어버렸다는 서글픈 감정뿐이기 일쑤다. 그렇게 인생이라는 강물이 고요히 흐르고 있는 한 강물은 항상 그대로 머물며, 바뀌는 것은 양편 강가의 경치뿐이다.

그러나 이어서 인생의 폭포가 닥쳐오게 마련이다. 이 폭포들은 기억 속에 유착된다. 그래서 우리가 이 폭포를 넘어 멀리 영원의 고요한 대해로 접근할 때까지도, 우리의 귀에는 여전히 아득히 그 폭포의 우렁찬 흐름이 들리는 것처럼 느껴진다. 그렇다. 우리는 우리에게 그나마 남아 있어 우리를 앞으로 끌어가는 생명력이 바로 그 폭포에 원천을 두고 양분을 끌어오고 있다고 느낀다.

고교 시절은 지나갔다. 대학 생활의 화려한 초창기도 지나갔다. 그와 더불어 아름다운 인생의 꿈들도 사라졌다. 하지만 한 가지 남아 있는 것이 있었다. 신에 대한 믿음과 인간에 대한 믿음. 인생이란 아무래도 우리가 그 작은 머릿속에서 생각했던 그런 것과는 달랐지만, 그 대신 모든 것이 한 단계 높아진 서품(敍品)을 받았다. 따라서 바로 인생에 내재한 불가사의한 요소와 고통이 내게는 지상에 신이 편재하심의 증거가 되었다.

"신의 뜻이 아니면 아무리 하찮은 일이라도 네게 일어나지 않느니라."—이것이 내가 채집했던 짤막한 삶의 지혜였다.

그렇게 해서 여름방학 동안 나는 다시 작은 고향 마을로 되돌아왔다. 다시 만난다는 것은 얼마나 큰 기쁨인가! 지금껏 누구도 그것을 설명한 사람은 없지만, 재회며 재발견, 회상—이런 것이야말로 거의 모든 기쁨과 모든 즐거움의 비밀스런 원천인 것이다.

난생처음으로 보거나 듣거나 맛본다는 것—그것도 아마 아름답고 위대하며 유쾌한 일일 것이다. 그러나 그런 일들은 대체로 지나치게 생소하여 우리에게 기습적인 느낌을 주며, 안정된 마음으로 그 일에 임할 수는 없다. 즐기고자 하는 안간힘이 흔히 즐기는 행위 자체보다 크게 마련이기 때문이다.

하지만 몇 년의 세월이 흐른 후 그 옛날의 곡조를 다시 한번 듣는다는 것, 그래서 그 악보를 모조리 잊었다고 생각했는데도 옛 친구를 다시 만난 것처럼 그 악보가 다시 떠오를 때, 아니면 여러 해가 지난 후 드레스덴의 산 시스토 성모상 앞에 다시금 섰을 때, 지난날 성화 속 아기 예수의 무한한 시선이 우리 마음에 일깨웠던 바로 그 감정들이 고스란히 살아나는 느낌, 아니면 하다 못해 학창 시절 이후 한 번도 염두에 둔 적 없는 꽃향기를 다시 맡거나 그 시절 음식을 다시 맛보는 것—이런 경험들은 과연 우리가 현재 눈앞의 인생을 기뻐하는지 흘러간 추억에 대해 기뻐하는지조차 분간할 수 없을 지경으로, 우리 마음속에 깊고 내밀한 기쁨을 안겨준다.

자, 이제 긴 세월이 지난 후 다시 자신의 고향으로 발을 들여놓아보라. 그렇다. 그때 우리의 영혼은 자기도 모르는 사이에 숱한 추억의 바닷속을 헤엄치게 마련이다. 춤추는 추억의 파도들이 요람처럼 우리의 영혼을 싣고 몽롱하게 아득한 과거의 강변들을 스쳐 흔들리며 지나간다.

탑시계가 치면 우리는 학교에 지각이라도 할세라 마음 조이게 된다. 그리고 다음 순간 소스라치게 놀라 제정신으로 돌아오면 그런 불안이 과거지사라는 사실에 안도감을 느낀다.

개 한 마리가 거리를 가로질러 달려간다. 그 옛날 무서워 멀리 피해 도망 다녔던 바로 그 녀석이다.

여기엔 그 옛날 노점의 여인이 그대로 앉아 있다. 지난날 그 여인이 팔던 사과는 꽤나 우리를 유혹했었지. 그래서인지 지금도 먼지가 뽀얗게 앉은 저 사과들이 세상 어떤 사과보다 맛이 있을 것 같은 생각이 든다.

저편에는 집이 한 채 헐리고 새 집이 들어서 있다. 헐린 집은 우리의 늙은 음악 선생님이 살던 집이었지. 선생님은 이미 돌아가셨다. 하지만 여름날 저녁 이곳 창 밑에 서서, 하루 일과를 마친 그 성실한 선생님이 혼자 즐기며 연주하던 즉흥곡에 귀 기울이던 일은 얼마나 좋았던가. 그 연주는 마치 증기 기관처럼 하루 종일 모인 쓸데없는 증기를 광란하듯 뿜어내는 것과 같았다.

또 이곳 작은 나무 그늘 길—이것은 옛날에는 훨씬 커 보였다—어느 날 저녁인가 늦게 집으로 돌아가는 길에 이웃집 예쁜 딸을 만났던 곳이 바로 여기였지. 그렇다. 그때 나는 그 애를 쳐다본다든가 말을 건넨다는 것을 감히 상상조차 못했을 것이다. 하지만 학교에서 남학생들은 그 애를 곧잘 화제의 대상으로 삼았고, 그 애를 예쁜 소녀라고 불렀다. 또한 나는 길에서 그 애가 멀리 나타나는 것만 보아도 너무나 행복하여 가까이 다가설 엄두조차 내지 못했다. 그렇다. 공동묘지로 통하는 바로 이 작은 가로수 그늘 길에서 어느 날 저녁 나는 그 소녀를 만났다. 한 번도 말을 나눠본 적이 없는 사이인데도 그 애는 내 팔을 붙들고 함께 집으로 가자고 말했다. 나란히 걷는 동안 나는 한마디 말도 하지 않았던 것 같다. 아마 그 소녀도 그랬을 것이다. 그런데도 나는 얼마나 행복했던가. 그래서 오랜 세월이 지난 지금까지도 그때 일을 생각하면 다시 그때로 돌아가고 싶어진다. 다시 한번 그렇게 '예쁜 소녀'와 더불어 말없이 행복하게 집으로 돌아올 수 있었으면 싶다.

이렇듯 추억은 머리를 온통 뒤덮는다. 그럼 우리는 가슴에서 긴 한숨을 내뿜으며 지금껏 골똘한 생각에 잠겨 있느라 숨쉬는 것마저 잊고 있었음을 비로소 깨닫게 된다. 그러고 나면 그 모든 몽상의 세계가 졸지에 사라져버린다. 마치 밤새 나타났던 유령들이 새벽닭 울음소리에 사라지는 것처럼.

이제 나는 그 낡은 성채와 보리수 곁을 지나며 말 탄 보초와 높은 계단을 보게 되었다. 그때 내 마음속에는 어떤 추억들이 솟구쳐 올랐을까! 이곳에서의 모든 것은 얼마나 변하고 말았는가!

벌써 여러 해째 나는 그 성에 간 적이 없었다. 후작 부인은 돌아가셨고, 후작은 통치하는 일에서 물러나 이탈리아로 은퇴했으며, 지금은 나와 함께 성장한 맏공자가 영주 노릇을 하고 있었다. 공자는 젊은 귀족과 장교들로 에워싸여 있고, 공자는 그들과 어울리기를 좋아했다. 따라서 그 같은 사교 사회가 그 옛날 소꿉친구를 공자한테서 소원하게 만들 수밖에 없었다.

그밖에도 우리의 어린 시절 우정을 방해하는 다른 사정이 있었다. 독일 국민 생활의 궁핍함과 독일 통치 체제의 죄상을 맨 처음으로 인식한 청년들이 흔히 그렇듯, 나 역시 쉽사리 진보화의 몇 가지 상투어를 배우게 되었던 것이다. 그런 말투는, 엄격한 목사 가정에서 상스런 어투를 쓰는 것만큼이나, 궁정에서는 어울리지 않는 언동이었다. 요컨대, 그런저런 사정으로 나는 여러 해 동안 그 계단을 올라간 적이 없었다.

그렇긴 해도 그 성 안에는 내가 거의 매일처럼 그 이름을 불러 보며, 줄곧 가슴에 간직하고 있는 한 여인이 살고 있었다. 나는 벌써 오래전부터 생전에는 그녀를 다시 만나지 못하리라는 생각을 하고 있었다. 그렇다. 그녀는 내게 현실 안에는 존재하지도 않고, 또 존재할 수도 없는 그런 형체로 부상되어 있었다. 그녀는 나의 수호천사—나의 또 다른 자아로 화해 있었던 것이다. 나는 스스로와 얘기하는 대신 그녀를 향해 말을 걸었다. 어떻게 그녀가 내게 그런 존재로 화했는지를 스스로도 알 길이 없었다. 그럴 것이, 실은 나도 그녀를 거의 알지 못했으니까. 그것은 마치 사람의 시각이 하늘에 뜬 구름을 여러 형상으로 변화시켜보듯이, 나의 상상력이 어린 시절 하늘에서 마술처럼 불러낸 몽롱한 환영이요, 소리 없이 암시된 현실의 윤곽을 소재로 그려낸 하나의 완성된 환상이었다는 느낌이다. 아무튼 나의 모든 사고는 부지중에 그녀와의 대화로 화해갔다. 내 안에 있는 모든 선한 것, 내가 지향하는 모든 것, 내가 믿는 모든 것, 나의 좀 더 나은 모든 자아는 그녀에게 속해 있었고, 내가 그녀에게 부여한 것인 동시에 나의 수호천사인 그녀의 입에서 나온 것이었다.

고향 집에 온 지 며칠 되지 않은 어느 날 아침, 내게 한 통의 편지가 왔다. 후작의 딸 마리아에게서 온 영어로 된 편지였다.

친애하는 친구여,

당신이 얼마 동안 이곳에 와 있게 되었다는 소식을 들었습니다. 우리는 참 오랫동안 못 만났군요. 괜찮다면, 옛 친구를 다시 만나고 싶어요. 오늘 오후 스위스 오두막에 혼자 있을 겁니다.

당신의 친구, 마리아

나는 당장 오후에 찾아뵙겠다는 내용의 답장을 역시 영문으로 써 보냈다.

스위스 오두막은 그 성의 측면채를 이루는 집으로, 정원을 향해 길게 뻗어 있어 성 앞마당을 통과하지 않고서도 갈 수 있는 곳이었다. 내가 정원을 지나 그 집에 닿았을 때는 다섯 시였다. 나는 모든 감정을 억제하고 예의 바른 담소를 하리라 단단히 마음먹었다. 그래서 우선 내 마음속 수호천사를 달래어 진정시키고, 지금 만날 여인은 천사와는 무관한 존재임을 입증하려고 무진 애를 썼다. 그러나 아무리 해도 마음은 결코 편안치가 않았고, 나의 수호천사 역시 내게 조금도 위안을 주려 들지 않았다.

그러다 마침내 마음을 다잡고는 인생의 가면무도회 운운, 혼잣말을 중얼거리고는 반쯤 열린 방문을 두드렸다.

방 안에는 아무도 없었다. 다만 웬 낯선 부인이 나와 역시 영어로 말을 걸며 후작 따님께서는 곧 오실 것이라고 전했다. 그리고 그녀는 갔고, 나는 혼자 남아 한동안 주변을 둘러볼 수 있었다.

방 안의 사방 벽은 떡갈나무 목재로 되어 있었다. 또 엮어 짠 난간이 빙 두르고 있고, 그 난간으로 기어오른 담쟁이덩굴이 그 무성한 잎새로 온 방 안 주위를 휘감고 있었다.

테이블이며 의자들도 모두 떡갈나무 목재로 조각된 것들이었고, 바닥은 무늬목 마루판이었다.

그 방 안에서 그토록 낯익은 많은 물건을 보는 것은, 실로 독특한 감회를 주었다. 대부분의 물건들은 성 안 옛날 우리의 놀이방에서 이미 낯익은 것들이었다. 그 밖에 다른 것들, 말하자면 초상화들은 새로운 물건이었다. 그렇긴 해도 그것들은 대학의 내 방에 걸어놓은 것과 똑같은 초상화들이었다. 이를테면 그랜드 피아노 위에 걸린 베토벤과 헨델, 멘델스존의 초상화—그것들은 바로 내가 골랐던 것과 같은 것이었다. 방 한쪽 구석에는 내 생각에는 고대 입상 가운데 가장 아름다운 밀로의 비너스가 서 있었다. 또 이곳 책상에 놓인 단테와 셰익스피어의 책자들, 타울러*의 《설교집》, 《독일 신학》,** 뤼케르트의 시집, 테니슨과 로버트 번스***의 시집, 그리고 칼라일의 《과거와 현재》 등—모조리

* Johannes Tauler(1300~1361): 독일의 신비주의 사상가. M. 루터, J. S. 바흐 등에게 영향을 줌.

** Theologia Teutsch: 14세기 말에서 15세기에 씌어진 작자 미상의 저서. 작센하우젠의 목사인 프랑크푸르트인이 편찬한 것으로 알려져 있음. 신비주의자 에크하르트의 영향을 받아 신과의 신비적 결합을 제시한다.

*** Robert Burns(1759~1796): 〈올드 랭 사인〉 같은 가요로 알려진 스코틀랜드 국민 시인.

나의 서재에도 있는 것으로 바로 얼마 전까지도 손에 잡고 있던 책들이었다.

나는 곰곰 생각을 모으려고 하다가는 얼른 생각을 털어버리고, 돌아가신 후작 부인의 초상화 앞으로 다가섰다. 바로 그때 문이 열렸고 어릴 적에 자주 보았던 두 장정이 후작 따님을 침대에 누인 채 방 안으로 데리고 들어왔다.

아, 그 모습!—그녀는 아무 말이 없었다. 얼굴은 호수처럼 잔잔했다. 두 장정들이 나가자, 이윽고 그녀는 내게 시선을 보냈다. 옛날 그대로의 그윽하고 바닥을 헤아릴 수 없는 그 눈. 그녀의 얼굴은 순간마다 생기를 띠더니 마침내 온 얼굴에 웃음을 함빡 머금고 입을 열었다.

"우리는 오래된 친구예요. 우리는 변한 게 없는 것 같군요. 나는 '지이'라고는 부르지 못하겠어요. 또 '두우'*라고 부를 수도 없으니 영어로 말해야겠는 걸요. Do you understand me?"

이 같은 환대는 상상도 못한 일이었다. 어쨌든 그곳에서 내 눈앞에 보이는 장면은 가면무도회는 아니었다. 거기에는 한 영혼을 갈구하는 영혼이 있었다. 또 변장을 하고 검은 가면을 썼는데도 두 친구가 단지 눈맞춤만으로 서로를 알아보는 것 같은 그런 인사가 있었다. 나는 내게로 내민 그녀의 손을 잡고 말했다.

* 독일어 Sie는 예의 바르게 쓰는 존칭, Du는 친한 사이에, 특히 남녀 간에는 애인 사이에 쓰인다.

"천사한테 이야기할 때는 '지이'라고 부를 수는 없는 것이지요."

그렇지만 형식의 힘과 생활의 관습은 얼마나 질긴 것인지! 아무리 친한 영혼끼리라도 자연의 언어로 말하기란 얼마나 어려운 일인지! 대화가 끊기고, 우리는 한순간 어색함을 느꼈다. 그때 나는 침묵을 깨고 때마침 머리에 떠오른 생각을 입 밖에 냈다.

"사람들은 어릴 적부터 새장 안에서 사는 데 길이 들어 있지요. 그래서 자유로운 대기 속으로 풀려나도 감히 날개를 펼 엄두를 못 내고, 날아오르기만 하면 사방에 부딪칠세라 두려워하고 있어요."

"그 말이 맞아요"라고 그녀가 말했다. "하지만 그대로 역시 좋은 일이고, 달리 어쩔 수도 없지요. 사람들은 숲 속을 나는 새들처럼 나뭇가지 위에서 만나 굳이 서로를 소개할 필요도 없이 같이 노래를 부르는, 그런 삶을 누리기를 곧잘 희망합니다. 그렇지만 친구여. 새들 가운데는 부엉이나 참새 같은 무리도 섞여 있답니다. 그러니까 우리는 살아가면서 그런 것들을 모른 척하고 지나칠 줄도 알아야 좋은 거예요. 그래요. 어쩌면 삶이란 시와 같은 것인지 모르겠군요. 참된 시인이 가장 아름답고 진실된 것을 운율이라는 구속된 형식에 담아 표현할 줄 알 듯이, 인간이라면 사회의 속박을 무릅쓰고 사상과 감정의 자유를 지킬 줄 알아야겠지요."

나는 이때 플라텐*의 시 구절을 떠올리지 않을 수 없었다.

그 어느 곳에서든
영원한 것으로 현현되는 것은,
구속된 운문(韻文)에 담긴
구속할 수 없는 정신이니.

"맞아요" 하고 그녀는 다정하면서도 사뭇 장난스러운 웃음을 지으며 말했다. "어쨌든 내게는 하나의 특권이 있답니다. 그것은 나의 병고와 외로움이지요. 내게는 청춘 남녀들이 퍽 안타깝게 여겨질 때가 많아요. 그들은 스스로가 또는 그들의 가까운 친구들이 자기네를 향해서—사랑이나 사랑이라고 일컬어지는 것을 염두에 두지 않는 한, 어떤 우정이나 신뢰감도 갖지를 못하거든요. 그래서 그들은 오히려 많은 것을 잃는답니다. 처녀들은 자신의 영혼 안에 무엇이 잠들어 있는지를, 또 숭고한 남자 친구의 진지한 권고의 말 한마디가 그 잠을 깨울 수 있다는 사실을 깨닫지 못하고 있지요. 그런가 하면 젊은 남자들의 경우도, 만약 자신의 내면의 투쟁을 멀리서 지켜봐주는 애인을 대상으로 가질 수 있다면, 아마 그 옛날 기사도적 덕성을 되찾을는지 모르지요.

---

* August von Platen(1796~1835) : 낭만주의를 기조로 하면서도 의식적으로 이에 맞서 새로운 것을 추구한 독일 시인.

그런데 그렇게 되지가 않아요. 왜냐하면 거기엔 사랑이, 아니면 사랑이라고 칭해지는 것이 늘 끼어드니까요. 무섭게 고동치는 가슴이라든가, 파도처럼 밀려오는 희망, 예쁜 얼굴을 마주했을 때의 환희, 달콤한 감상, 어쩌면 약삭빠른 타산까지 한마디로 순수한 인간애의 참모습이라고 할 저 고요한 대양을 교란시키는 온갖 것이 끼어든단 말입니다."

그녀는 갑자기 말을 중단했다. 괴로운 표정이 그녀의 얼굴에 언뜻 떠올랐다.

"오늘은 더 오래 얘기를 할 수가 없어요"라고 그녀는 말했다. "내 주치의가 원치 않는 일이죠. 멘델스존의 음악을 듣고 싶네요. 저 이중주—어린 시절 친구인 당신은 이미 그 옛날에도 연주할 수 있었던 곡이 아닌가요?"

나는 아무 말도 할 수 없었다. 그녀가 막 말을 마치고 여느 때처럼 두 손을 맞잡았을 때 그 반지가—지금은 새끼손가락에 끼워진 반지가 내 눈에 들어왔기 때문이다. 그 옛날 그녀가 내게 주었고 내가 그녀에게 주었던 반지였다. 너무나 많은 생각이 벅차게 몰려오는 바람에 나는 말을 잃었다. 그래서 묵묵히 피아노 앞에 앉아 그 곡을 연주했다.

연주가 끝나고 나서 나는 그녀 쪽을 바라보며 말했다.

"이렇듯 언어 없이 음률로만 얘기할 수 있다면 얼마나 좋을까요."

"그럴 수 있어요"라고 그녀가 말했다. "나는 모든 것을 알아들었답니다. 하지만 오늘은 더 오래 버틸 수가 없어요. 하루가 다르게 쇠약해지거든요. 자, 그럼 우리 서로를 길들여 친해지도록 해요. 병들어 은둔하고 있는 이 가엾은 여자가 관용을 기대하는 거랍니다. 우리 내일, 같은 시간에 만나는 거예요. 괜찮겠어요?"

나는 그녀의 손을 잡고 손에 키스를 하려고 했다. 하지만 그녀는 내 손을 부여잡고 있는 손에 힘을 주면서 말했다.

"이렇게 하는 것으로 됐어요. 안녕!"

다섯째 회상

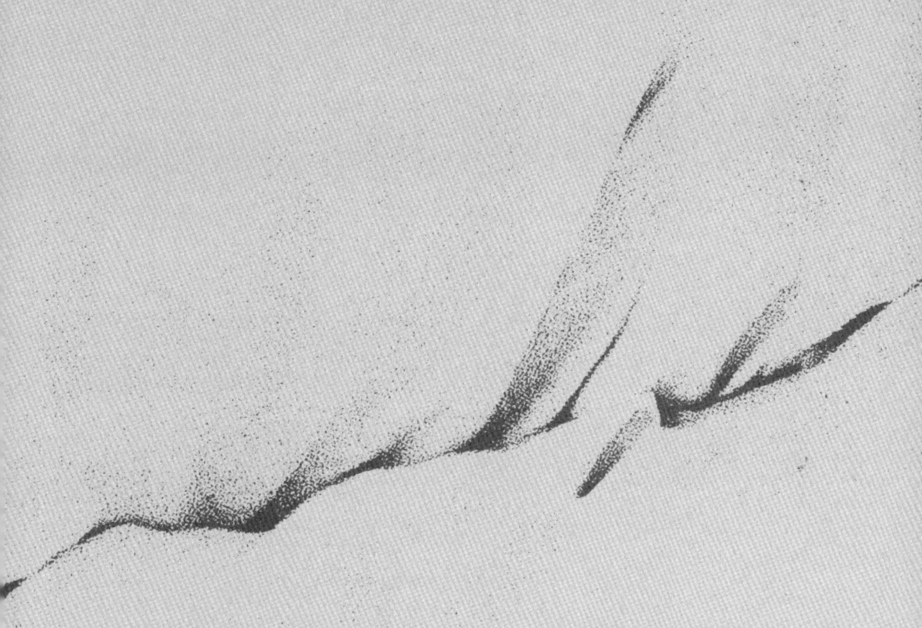

스스로 사랑을 아는 사람 말고는 어느 누구도
타인의 사랑을 알 수 없습니다.
그가 자신의 사랑을 믿는 한도 내에서만
타인의 사랑도 믿게 되는 것입니다.

그때 내가 무슨 생각을 하며 어떤 감정을 안고 집으로 돌아왔는지는 말하기 어렵다. 그 심경은 완전히 말로 옮겨놓을 수 없는 것이었다. 하긴 기쁨과 슬픔이 극치인 순간에는 누구나가 홀로 연주하는 '말없는 생각'이라는 곡조가 있게 마련이다.

그때 내 느낌은 슬픔도 기쁨도 아니었다. 그것은 바로 말로 표현할 수 없는 경이로움이었다. 나의 마음속에서는 수많은 생각들이, 하늘에서 땅으로 내려오려 하지만 목적지에 이르기 전에 산화되고 마는 유성처럼 날고 있었다. 때로는 꿈을 꾸면서도 '지금 너는 꿈을 꾸는 거야'라고 스스로에게 다짐하듯이, 나는 나 자신에게 이렇게 되뇌고 있었다—너는 살아 있다. 그리고 그녀는 엄연히 실재한다고. 그리고 분별과 냉정을 되찾으려고 애를 쓰면서 '그녀는 사랑을 받을 가치가 있는 애인이야, 실로 비상한 정서를 지닌 여인이야'라고 스스로에게 말했다. 나는 또한 그녀에게 무한한 연민을 느끼기 시작했고, 이 휴가 동안 그녀의 곁에서 지내게 될 즐거운 저녁 시간을 머릿속에 그렸다.

그러나, 아니, 그것은 아니었다. 그런 것을 염두에 둔 것은 아니었다. 그녀야말로 내가 구하고 생각하며, 희망하고 믿었던 모든 것이 아닌가. 여기에 마침내 한 인간의 영혼이—투명하고 신선한 영혼이 실재하는 것이다. 그녀를 본 첫 순간에 나는 그녀의 전부를, 그녀의 내부에 감춰진 모든 것을 알아보았다. 우리는 인사를 하면서 동시에 서로를 인식했던 것이다. 그렇다면 내 마음 속 수호천사는? 그 천사는 대답이 없었다. 떠나간 것이었다. 그리고 나는 그 천사를 재발견할 수 있는 장소가 지상에 단 한 군데밖에 없음을 느끼고 있었다!

그때부터 아름다운 삶이 열렸다. 매일 저녁 나는 그녀를 방문했고, 우리는 곧 서로가 진정한 옛 친구임을, 서로 '두우'라고 부를 수밖에 없는 사이임을 절감했다. 우리는 서로 지금껏 늘 함께 어울려 살아왔던 것 같은 느낌이었다. 어쨌든 그녀가 켜는 감정의 현치고 이미 나의 영혼 속에서 울리지 않은 음이 없었고, 내가 입 밖에 낸 생각치고 그녀가 다정하게 고개를 끄덕이며 '나도 그렇게 생각했어요'라고 응해오지 않은 생각은 없었다.

그전에 언젠가 나는 우리 시대의 저명한 음악가 한 사람이 자기 누이랑 함께 피아노 앞에 앉아 즉흥곡을 연주하는 것을 들은 적이 있다. 그때 나는 어떻게 저 두 사람이 서로 이해하고 공감하면서 그들의 악상을 자유롭게 전개할 수 있는지, 그러면서 결코 한 음부도 화음을 깨지 않고 연주할 수 있는지, 실로 이해할 수 없었다. 그런데 지금은 그것이 이해가 되었다.

그렇다! 그제야 비로소 나는, 스스로를 늘 그렇게 생각했듯이, 나의 내면이 가난하고 공허한 것이 아님을 발견했던 것이다. 다만 그 모든 씨앗과 꽃봉오리를 발아시키고 개화시키는 햇빛이 못내 아쉬웠다. 실상 나와 그녀의 영혼을 꿰뚫고 간 그 봄은 얼마나 우수에 찬 계절이었던가! 흔히 5월에는 이제 곧 장미가 시들 거란 생각을 잊어버리기 십상이다. 하지만 우리의 그 계절에는 매일 저녁 꽃잎이 하나씩 땅에 떨어지고 있다는 경고의 소리가 들려왔다. 그녀는 나보다 먼저 그 소리를 알아듣고 그 얘기를 입 밖에 냈다. 하지만 그것이 그녀에게 고통스러운 것 같아 보이지는 않았다. 그렇게 우리의 대화는 날이 거듭할수록 점점 진지하고 무게를 더해 갔다.

어느 날 저녁, 내가 막 집으로 돌아오려는데 그녀가 말했다.

"내가 이렇게 오래 살게 되리라고는 생각 못했어요. 견신례 날 이 반지를 당신한테 드렸을 때, 이미 곧 세상을 하직하리라고 생각했지요. 그런데 이토록 여러 해를 살아오며 여러 가지 아름다운 일을 누리다니요. 물론 괴로움도 많았지만. 하지만 그런 것은 잊게 돼요. 이제 진정으로 작별의 시간이 임박해온 것을 느끼면서 한 시간, 일 분이 이렇듯 소중하게 생각될 수가 없어요. 안녕히 가세요. 내일 늦지 않도록 하세요."

어느 날인가는 그녀의 방에 들어섰을 때, 한 이탈리아 화가가 와 있고, 그녀는 그 사람과 이탈리아 말로 얘기를 하는 중이었다. 보아하니 그 남자는 예술가라기보다는 한낱 기술자였다. 그런데도 그녀는 그를 향해 상냥하고 겸손한 태도로, 사뭇 존경의 염을 보이며 말을 걸었다. 그런 그녀의 태도를 보고 있노라니 타고난 그녀의 진정한 귀족 품격이, 고결한 영혼이 엿보였다. 화가가 가고 나자 그녀는 내게 말했다.

"지금 그림을 한 점 보여드릴게요. 당신도 좋아할 거예요. 원본은 파리 미술관에 있는 거랍니다. 이 그림에 관해 쓴 글을 읽은 적이 있거든요. 그래서 아까 이탈리아 화가한테 사본을 받았어요."

그녀는 내게 그림을 보여주고 나의 촌평을 기다렸다. 그것은 고전적 독일 의상을 입고 있는 중년 남자의 초상화였다. 그림 주인공의 표정은 몽상적이고 겸허한 데다가 너무나 사실적인 모습이어서, 의심할 여지없이 실제 생존한 인물로 보였다. 그림 전경의 색조는 대체로 어두운 갈색, 그러나 배경은 풍경으로 지평선에 막 솟아오르는 첫 아침 햇빛을 볼 수 있었다. 그 밖에 그 그림에는 이렇다 할 특별한 점이 없었다. 하지만 대체로 안정감을 주는 인상이어서 몇 시간이고 싫증나지 않고 바라볼 수 있을 것 같았다.

"진짜 살아 있는 인간의 얼굴도 이 그림을 능가할 수 없을 겁니다"라고 나는 말했다. "라파엘이었다 해도 이런 작품을 만들어내진 못했을 거예요."

"정말 그래요"라고 그녀가 말했다.

"그럼 내가 왜 이 초상화를 갖고 싶어 했는지, 연유를 들어보세요. 이 그림의 화가가 누구인지, 초상화의 모델이 누구인지는 미상이라는 내용을 읽었어요. 그렇지만 모델은 필시 중세기의 한 철인일 것이라는 추측이에요. 그런데 바로 이런 초상화가 나의 화실에 필요했거든요. 당신도 아다시피, 저《독일 신학》의 저자가 미상이잖아요? 또 그 사람 초상화도 전해져오는 게 없고요. 그래서 이 미지의 화가가 그린 미지의 인물의 초상화가 과연《독일 신학》의 저자로 어울리는지 한번 맞추어보고 싶었던 거예요. 당신이 반대하지 않는다면 이 그림을 '알비파(派)'* 그림과 '보름스 국회'** 장면 사이에다 걸어놓고 '독일 신학의 저자'라는

---

* Albigenses: 12세기 프랑스 남부 도시 알비를 중심으로 일어났던 그리스도 교파 가운데 하나. 극단적인 금욕주의를 특성으로 하며, 청정무구를 뜻하는 카타리파로도 불렸다.

** Diet of Worms: 독일의 보름스에서 열린 신성로마제국의 국회. 1521년 4월, 루터의 신교를 반대하던 독일의 카를 5세가 루터를 국회로 소환한 사건으로 유명하다. 루터는 이 국회에서 유명한 연설을 했고, 5월에는 카를 5세가 〈보름스 칙령〉을 발표하고 루터를 이단으로 확정함으로써 그의 저서를 금서 처분했다.

제목을 붙일까 해요."

"좋습니다"라고 나는 말했다. "다만 이 인물은 프랑크푸르트 사람치고는 좀 너무 정력적이고 남성적으로 보이는군요."

"그럴는지도 모르지요. 그렇지만 어쨌든 나처럼 병들어 죽어가는 생명한테는 이 책이 많은 위안과 힘을 퍼올려주었답니다. 이 책에 얼마나 감사하고 있는지 몰라요. 나는 여기서 처음으로 기독교 교리의 참된 비밀을 간명하게 알게 되었거든요. 이 책의 저자가 누구였든 간에 그의 가르침을 믿고 안 믿고는 나의 자유로운 선택이었다는 느낌이에요. 그의 교리는 내게 아무런 외형적 강요를 하지 않았으니까요. 그런데도 그 교리는 엄청난 힘으로 나를 사로잡았어요. 그래서 계시라는 것이 무엇인지를 처음으로 알 것 같았어요.

많은 이들로 하여금 참된 기독교 정신에 들어서지 못하게 막는 요인은 다름 아니라, 우리 자신 안에 계시가 미처 다가오기도 전에 기독교 교리가 먼저 계시를 앞세우는 데 있는 것이랍니다. 그것은 나를 자주 불안하게 하는 일이었어요. 그렇다고 내가 우리 종교의 진실성과 신성을 의심했다는 뜻은 아니에요. 다만 남들이 공짜로 가져다주는 믿음에 대해서는 내게 권리가 없다는, 또 이해도 못하면서 어릴 적부터 배워 수용한 믿음은 진정으로 내 것이 아니라는 그런 느낌을 가졌기 때문이지요. 그 어느 누구도 우리를 대신하여 살아주거나 죽어줄 수 없는 것처럼, 아무도 우리를 대신해서 믿어줄 수는 없는 게 아니겠어요?"

"물론" 하고 나는 말했다. "기독교 교리는 사도들이나 초기 기독교 교도들의 마음을 사로잡았던 것처럼 서서히 거역할 수 없이 우리 마음에 스며들어와야 합니다. 그런데 오늘에 와서 그것은 어떤 막강한 교파의 범접할 수 없는 율법이 되어 유아기 적부터 우리에게 다가와, 이른바 신앙이라는 맹종을 강요하지요. 바로 여기에 수많은 치열한 갈등의 근거가 있는 겁니다. 모름지기 사고하는 능력과 진실에 대한 경외감을 가진 사람의 마음에는 어김없이, 늦든 빠르든 간에 의혹이 고개를 들게 마련이지요. 그래서 우리가 신앙을 쟁취하려는 올바른 도정에 있는 동안에도, 늘 우리 마음에는 의혹과 불신이라는 괴물이 도사리고 있어 새로운 생명이 펼쳐지는 것을 방해하는 것입니다."

"최근에 나는 어느 영어 책에서 이런 구절을 읽었어요"라고 그녀가 끼어들었다. "진리가 계시로 나타나는 것이지 계시가 진리를 낳는 것은 아니라는 말이에요. 이 말은 내가《독일 신학》을 읽었을 때의 느낌을 어김없이 그대로 표현해주고 있어요. 그 신학서를 읽었을 때, 나는 그 책이 말하는 진리의 힘에 압도당하는 것을 느꼈고, 그래서 그 교리에 귀의하지 않을 수 없었어요. 진리가 무엇인지를, 아니, 나 자신이 무엇인지를 확실하게 계시받았던 것이지요. 또한 믿는다는 것이 무엇인가를 처음으로 느끼게 되었고요.

진리는 내 안에 있었습니다. 그것은 오랫동안 나의 내면에서 잠자고 있었어요. 그런데 그 미지의 저자의 가르침이 한 줄기 광채처럼 내 안으로 파고들어 내면의 눈을 뜨게 하고, 막연했던 예감을 명징하게 내 영혼 앞에 보여주었던 겁니다. 그렇게 일단 인간의 영혼이 어떻게 믿을 수 있는가를 느끼고 난 연후에, 나는 복음서를 읽기로 작정했습니다. 그것 역시 미지의 저자에 의해 씌어진 것이라고 간주하고 말이지요. 그것들은 신비한 방식으로 성령에 의해 사도들에게 불어넣어진 영감이며, 종교회의에서 인준을 받았고, 가톨릭 신앙의 최고 권위로 인정받은 것이라는 등의 선입견을 되도록 내 머리에서 몰아냈어요. 그러고 나서야 비로소 나는 기독교 신앙이 무엇이며, 기독교 계시가 무엇인지를 이해할 수 있게 되었답니다."

"신학자들이 아직껏 우리에게서 종교라는 것을 모조리 앗아가지 않은 것이 차라리 이상스러울 지경이지요"라고 내가 말했다. "만약 진정한 신앙인들이 정색하고 다가서서 '이 정도까지만, 더는 안 돼요'라고 말리지 않는다면, 그들은 아마 종교를 몽땅 앗아갈 겁니다. 어느 교회든 하느님의 종복이 있어야겠지요.

그렇지만 이 세상의 종교치고, 목사며 바라문, 샤먼, 불교승이나 라마승, 바리새인이나 율법학자 같은 부류들에 의해 부패하고 파괴되지 않은 종교는 없습니다. 그들 교구의 신도들은 십중팔구 알아들을 수도 없는 말로, 서로 물고 뜯고 싸웁니다. 그리고 자신부터 복음의 영감을 받아, 그 영감으로 다른 이들을 교화시킬 생각은 않고, 복음서들은 영감을 받은 자들에 의해 씌어진 것이니 어디까지나 진리라는 장황한 증거나 수집하기 급급합니다.

하지만 그런 증거라는 것은 그들 자신의 미흡한 신앙을 미봉하는 궁여지책에 지나지 않지요. 스스로가 한층 경이로운 영감을 받아보지 못한 마당에, 복음서 저자들이 놀라운 방식으로 영감을 받았다는 사실을 대체 그들이 어떻게 알겠습니까? 그래서 그들은 영감이라는 하늘의 은총을 초대 교회 장로들한테까지 연장시키고, 심지어는 종교 회의 결의에서 다수를 차지한 이들에게까지 그 자격을 부여합니다.

그렇게 되면 다시금 문제가 제기됩니다. 쉰 명의 주교 가운데 스물여섯 명은 영감을 받았고 스물네 명은 영감을 받지 않았다는 사실을 우리가 어떻게 알 수 있는가 하는 겁니다. 그래서 사람들은 결국 마지막 필사적 조처를 하고 이렇게 말합니다. 축복의 안수를 통해 교회 고위 성직자들은 오늘날까지도 영감과 무류성(無謬性)*을 이어받고 있으며, 무류성이나 다수의 원칙, 성령 등은 일체의 내재적 확신이나 헌신, 신앙상의 직관을 요하지 않는다는 것이지요.

---

* 교황이 가톨릭 교회의 사제로 신앙 및 도덕에 관해 내린 정식 결정은 하느님의 특별한 보호로 인해 오류가 있을 수 없다는 교리.

그렇다면 이 모든 연결 고리에도 아랑곳없이 우리에게는 너무나 명백하게 맨 처음 의문이 되돌아옵니다. 즉 B가 A만큼, 또는 그 이상의 영감을 받지 않은 경우, 어떻게 B는 A가 영감을 받았는지 알 수 있는가? 왜냐하면 B 자신이 영감을 받았음을 아는 것보다 A가 영감을 받았음을 아는 데는 더 큰 능력이 요구되니까요."

"나 자신은 그렇게까지 명징하게 파악하지는 못했어요"라고 그녀가 말했다. "그렇지만 사랑에 관한 한, 타인이 사랑하고 있는지 여부를 아는 것은 실로 어려운 일이라는 생각을 자주 했어요. 왜냐하면 사랑에 있어서는 그것이 가짜라는 징표가 없기 때문이지요. 그래서 나는 생각했답니다. 즉 스스로 사랑을 아는 사람 말고는 어느 누구도 타인의 사랑을 알 수 없다고요. 또 그가 자신의 사랑을 믿는 한도 내에서만 타인의 사랑도 믿게 되는 것이라고요.

사랑의 은총이 이렇듯, 아마 성령의 은총도 같을 겁니다. 성령의 은총을 받을 때, 당사자는 하늘에서 폭풍이 몰려오는 듯 엄청난 굉음을 들으며 불이 난 듯 혓바닥이 녹아내림을 느낍니다. 그렇지만 당사자가 아닌 남들은 혼비백산하며 오해를 하거나, '당신 취했군요'라고 놀려대기 일쑤입니다.

아무튼 이미 말했듯이 내가 나의 신앙을 굳히게 된 것은 《독일 신학》 덕분이에요. 그것도 대부분의 사람들이 그 책의 결함이라고 지적한 요소가 오히려 내게는 확신을 주었답니다. 다시 말하면 그 옛 스승은 자신의 교리를 결코 엄밀하게 논증하려고 애쓰지 않았거든요. 그는 씨 뿌리는 농부처럼, 단 몇 알의 씨앗이라도 비옥한 땅에 떨어지면 천 갑절 결실을 맺으리라는 희망을 품고서 그냥 자신의 교리를 뿌린 거랍니다. 그 신학의 스승이 그런 식으로 자기 교리를 굳이 입증하려 애쓰지 않은 이유는 그가 지닌 인식이 그만큼 충만했기 때문일 겁니다. 논증이라는 형식을 묵살할 만큼."

"그렇습니다" 하고 나는 그녀의 말을 가로챘다. 스피노자의 《윤리학》에 나타난 놀라운 논증의 연쇄를 머리에 떠올리지 않을 수 없었기 때문이었다. "스피노자의 경우에서 보듯, 지나치게 소심한 논증의 전개는 오히려 그 예리한 사상가가 진심으로는 자신의 학설을 믿을 수 없었던 게 아닌가, 바로 그렇기 때문에 굳이 그물의 코 하나하나를 그토록 용의주도하게 묶을 필요를 느꼈던 게 아닌가 하는 인상을 줍니다. 그렇기는 해도" 하고 나는 말을 이었다.

"솔직히 고백하자면, 나는 《독일 신학》에 대한 그 같은 찬탄에는 동의할 수가 없습니다. 물론 나도 그 책에서 여러 가지 자극을 받긴 했지요. 그렇지만 내가 보기에는 그 책에는 인간적인 면, 시적인 요소, 무엇보다 현실에 대한 따뜻한 감정과 경외감이 결여되어 있어요.

14세기의 모든 신비주의는 준비 단계로선 유익한 데가 있습니다. 하지만 우리가 루터의 경우에서 볼 수 있듯이, 그것은 결국 신의 축복과 신이 부여한 용기를 갖고 현실 생활로 귀환하는 데서 비로소 그 해결점을 찾았지요.

인간은 살아가면서 언젠가는 자신의 존재의 무상함을 인식해야만 합니다. 자기 자신만으로는 아무것도 아니라는 것, 자기의 존재, 출생, 영생은 불가사의한 초지상적 영역에 뿌리를 두고 있음을 깨달아야만 해요. 이것이 곧 신에게 귀의하는 길입니다. 이 길은 비록 지상에서는 끝내 그 목표에 이르지 못하지만, 인간의 마음속에는 영원히 꺼지지 않는 신에게로의 향수를 남겨주지요.

그렇지만 신비주의자들의 주장처럼 인간이 창조된 세계를 지양해버릴 수는 없습니다. 비록 인간 자신이 무에서 만들어졌지만, 즉 오로지 신에 의해 신에게서 나오긴 했지만, 그는 혼자 자기 힘으로 그 무로 되돌아갈 수는 없는 겁니다. 타울러가 말하는 자아 소멸이라는 것도, 불교도의 열반, 또는 영혼의 입적과 다를 것이 없습니다. 타울러는 이렇게 말했습니다. '지고의 존재에 대한 사랑과 경외감이 큰 나머지 공(空)으로 돌아가고 싶어 하는 것은, 바로 자존 앞에서 기꺼이 아무리 깊은 나락으로라도 떨어질 의지를 갖는 것이다'라고.

하지만 이 같은 피조물의 소멸은 창조자의 뜻이 아닙니다. 왜냐하면 신은 그것을 창조했으니까요. '신이 모습을 바꾸어 인간

안으로 들어서는 것이지, 인간이 신으로 화할 수는 없다'고 아우구스티누스는 말합니다. 따라서 신비주의는 인간 영혼을 단련시키는 일종의 불은 되겠지만, 인간의 영혼을 가마솥의 끓는 물처럼 증발시키지는 못합니다. 자아의 허무를 인식한 자는 그 자아가 곧 진정한 신성의 반영이라는 것도 인식해야 합니다.《독일 신학》에는 이런 구절이 있지요.

> 흘러나온 것은 참된 존재가 아니요, 그것은 한낱 우연이며 광채이며 반사일 따름이로다. 존재란 완전자 안에만 있음이라. 따라서 우연, 광채, 반사처럼 흘러나온 것은 진정한 존재도 아니며 존재를 지니고 있지도 아니하다. 존재한 그 광채를 유출시키는 불꽃이나 태양, 빛 안에만 있음이라.*

그렇지만 신성으로부터 흘러나온 것은, 그것이 비록 불꽃의 잔광에 지나지 않는다 할지라도, 신적인 실체를 자신 안에 내포합니다. 차라리 나는 광채 없는 불꽃이나 빛이 없는 태양, 또는 피조물 없는 창조주가 무슨 의미를 갖느냐고 말하고 싶어집니다. 이런 문제들을 밝혀주는 구절이 있습니다.

---

* 《독일 신학》에서 인용된 원문은 중세 독일어로 되어 있다.

어떤 인간, 어떤 피조물을 막론하고 신의 뜻과 심오한 충고를 알고 체득코자 갈망하는 것은, 바로 아담의 행적과 악마의 행적을 갈망하는 것과 다를 바가 없다.

그러니까 우리는 스스로를 신성의 반영으로 느끼고, 그렇게 보이도록 하는 것에 만족해야 한다는 것이지요. 우리를 비춰주는 신의 빛을 발밑에 놓거나* 꺼버려서는 안 되고, 그 빛이 주변 만물을 두루 비추어주고 따뜻이 해주도록 한껏 발하게 해야 한다는 말입니다. 그러고 나면 우리는 혈관 속에 살아 있는 불꽃을 느끼고 삶의 투쟁을 향한 한 단계 높은 영감을 느끼게 되지요. 아무리 하찮은 의무라도 우리에게 신을 상기시키며, 세속적인 것이 신적인 것으로, 무상한 것이 영원한 것으로, 우리의 온 생이 신 안에서의 생으로 화하는 겁니다. 신은 영원한 휴식이 아니라, 생명이랍니다. 안젤루스 실레지우스**는 신에게는 의지가 없다고 말하지만, 그는 실상 이런 점을 망각한 것입니다.

우리는 기도한다. '오, 주여, 당신의 뜻대로 하소서'라고. 그러나 보라. 신은 뜻을 갖고 있지 않음을. 신은 영원한 정적임을."

---

* 〈마태복음〉 5장 15절 참조. 자기가 하는 것을 숨기는 것을 비유함.

** Angelus Silesius(1624~1677): 영국, 브레스라우 출신 시인. 신비주의적 경향을 띠고 루터주의와는 반대 관점을 견지했으며, 종교개혁 반대운동의 선봉 역할을 했다.

그녀는 차분히 나의 말에 귀를 기울였다. 그리고 잠시 생각에 잠겨 있다가 입을 뗐다.

"당신의 신앙은 건강하고 힘을 지니고 있어요. 하지만 삶에 지쳐 안식과 수면을 갈망하는, 당장 신에게로 돌아가 영원히 잠든다 해도 세상에 대해 아무 애착도 아쉬움도 느끼지 않을 만큼, 너무나 큰 고독에 빠져 있는 영혼들도 있답니다. 지금이라도 아주 신의 품에 안길 수 있다면, 거룩한 안식이 찾아오리라는 예감을 그들은 갖고 있어요. 그들이 그럴 수 있는 것은, 그들에겐 세상과의 유대도 없고, 휴식에 대한 소망 말고는 그 어떤 소망에서도 위안을 찾지 못하기 때문이랍니다.

> 휴식은 지고의 선(善),* 신이 휴식이 아닐진대,
>
> 나는 바로 신 앞에서 두 눈을 감으리.

아무튼 당신은 《독일 신학》의 저자를 부당하게 판단하고 있는 것 같아요. 그 저자는 외형적 삶의 무상함을 교시하기는 했지만, 그것이 소멸되기를 원치는 않았어요. 이십팔 장을 좀 낭독해 주세요."

---

* 신이라는 뜻.

내가 책을 들고 읽고 있는 동안 그녀는 두 눈을 감고 귀를 기울였다.

"진실로 합일이 이루어져 실재하게 되는 곳에서는, 그 합일 가운데서 내적 인간은 활동하지 않으며, 하느님은 외형적 인간으로 하여금 이리저리, 이승에서 저승으로 움직이게 하시니라. 이는 필연적으로 그렇게 되도록 되어 있고 진실로 그렇게 돼야 하노라. 따라서 외형적 인간은 진실로 이렇게 말하게 되리라.

'존재하는 것과 존재하지 않는 것, 사는 것과 죽는 것, 아는 것과 모르는 것, 행동하는 것과 그만두는 것, 이런 일체의 것들은 저의 뜻이 아니옵니다. 저는 오로지 필연적으로 그렇게 되도록 되어 있는 것을 행하거나 감내하면서 받아들일 태세를 갖추고 순종할 따름이옵니다.'

이렇듯 외형적인 인간은 왜라고 따지며 묻거나 요구하지 않으며, 묵묵히 영원하신 분의 뜻에 만족해야 할지니라.

진실로 내적 인간은 움직이지 않으며, 외형적 인간이 필연적으로 움직이도록 되어 있음은 주지된 바로되, 내적 인간이 움직여 왜라고 따지게 되는 경우가 있다면 그것 역시 영원하신 분의 뜻에 의해 정해진 필연일 따름이니라. 하느님 자신이 인간이 될 수 있거나 인간이 된 경우가 바로 이런 경우이니라. 이 사실을 우리는 그리스도에게서 알아볼 수 있음이라.

하느님의 빛에서 나와 그 빛 안에서 합일이 이루어지는 곳에선 정신적 교만이나 경솔한 방종, 분방한 기질을 볼 수 없으며, 그곳엔 오로지 끝없는 겸허함, 무한히 자신을 움츠린 우려의 마음, 단정함과 성실, 평등과 진실, 평화로움과 만족스러움, 요컨대 덕성에 속한 일체의 것이 자리하게 되느니라. 그렇지 않은 경우 앞서 말한 바와 같은 합일은 이미 아니로다.

다만, 실로 세상 어느 것도 이 같은 합일을 도와주거나 그것에 종사치는 않느니라. 마찬가지로, 그 합일을 교란시키고 방해할 것도 아무것도 없느니라. 왜냐하면, 그것에 큰 해를 끼치는 것은 오로지 인간 자신이 내세우는 인간의 뜻뿐이기 때문이로다. 이 점을 유념할지라."

"거기까지면 됐어요"라고 그녀가 말했다.

"이로써 이제 우리는 서로 이해가 되었다고 생각해요. 이 미지의 저자는 책의 다른 대목에서도 더 분명히 말하고 있답니다. 즉 어떤 인간도 죽음을 앞두고 동요가 없을 수는 없다고요. 아무리 신화(神化)된 인간이라도 신의 뜻이 없으면 혼자서는 아무것도 행할 수 없는 한낱 신의 손, 또는 신이 거하는 집과 같다고요.

신에 사로잡힌 인간은 자신의 상태를 잘 알면서도 그것을 입 밖에 내어 말하지는 않습니다. 그는 마치 사랑의 비밀을 간직하듯, 신 안에서의 자신의 삶을 지키지요. 내게는 곧잘 나 자신이 저 창밖으로 보이는 백양나무 같다는 기분이 들 때가 있어요. 저

나무는 저녁이 되면 잎새 하나 흔들리지 않고 조용히 서 있지요. 그러다 아침 바람이 불면 잎새들이 마구 흔들리지요. 하지만 나무 둥치와 가지는 조용하게 의연히 서 있습니다. 그리고 마침내 가을이 오면 한때 떨고 있던 모든 잎새가 시들어 떨어집니다. 그래도 둥치만은 새로운 봄을 기다린답니다."

그녀는 이 같은 세계에 이토록 깊이 은둔하여 살고 있었으므로, 나는 굳이 그런 그녀를 방해하고 싶지 않았다. 하긴 나 자신도 그와 같은 사념의 요지경 속에서 가까스로 빠져나온 상태였다. 따라서, 우리에게 이토록 많은 고뇌와 노고가 주어졌는데, 도저히 떼어낼 수 없이 그녀 안에 자리잡고 있는 몫이 과연 올바로 선택된 것인지는 나도 알 수가 없었다.

이렇게 매일 저녁 우리에게는 새로운 대화가 열렸고 그런 저녁이 거듭될수록 이 가늠할 수 없는 정서를 지닌 여인을 들여다보는 나의 눈도 떠졌다. 그녀는 내 앞에 아무 비밀도 갖고 있지 않았다. 그녀의 언어는 순전히 전신의 사고와 느낌 자체였다. 그녀가 입 밖으로 내는 말은 모조리 몇 년 동안 그녀의 삶을 동반하며 성숙된 것임에 틀림없었다. 그렇게 그녀는, 마치 한아름 꺾어 모은 꽃을 서슴없이 잔디 위에 다시 던지는 어린애처럼, 자신이 수집한 생각을 남김없이 털어내는 것이었다. 하지만 나는 그녀처럼 기탄없이 내 마음을 열어 보일 수가 없었다. 그리고 그것이 나를 괴롭혔다.

어쨌든 이 사회는 관습이니 예의니, 분별이니 현명함이니, 생의 지혜니 하는 이름을 붙여 우리에게 끊임없는 거짓 놀음을 요구하며 우리의 생 전체를 일종의 가장무도회로 만들어버리지 않는가. 이런 거짓 놀음에 참여하고 있으면서, 아무리 뜻이 있다 해도, 자신의 본연의 진실을 온전히 되찾아 가진 사람들이 실로 몇이나 될까?

심지어 사랑까지도 고유의 언어를 말하지도, 고유의 침묵을 그대로 침묵하지도 못하며, 시인의 상투어를 배워 열광하거나 한숨짓고 일시적 유희를 벌인다. 있는 그대로 맞아들이고, 서로를 바라보며 헌신할 줄을 모른다. 그녀에게 그런 점을 솔직히 털어놓고, "당신은 나를 모릅니다"라고 말하고 싶은 게 간절한 나의 심정이었다. 하지만 그것을 진실 그대로 구현할 말이 아무래도 떠오르지 않았다. 그래서 떠나오기 전에, 바로 최근에 얻은 아널드*의 시집을 그녀한테 남겨두고 〈파묻힌 생명〉이라는 시를 읽어보라고 청했다. 그것은 나의 고백이었다.

이어서 나는 그녀의 침대 곁에 꿇어앉아 "안녕히 주무십시오"라고 말했다. 그녀도 "안녕히 가세요"라고 말하며 내 머리에 손을 얹었다. 그러자 내 온몸에서는 전류가 흐르듯 전율이 느껴

---

* Matthew Arnold(1822~1888): 영국의 시인이며 비평가. 고대 정형을 따른 시 형식에 새로운 삶의 내용과 이상을 추구하는 태도를 보였으며 1857년에서 1867년까지 옥스퍼드대학 교수로 있었다. 따라서 이 책《독일인의 사랑》이 씌어질 무렵에는 저자의 동료 교수였다.

지고, 어린 시절 꿈들이 내 마음속에서 펄럭이며 날갯짓을 했다. 나는 그 자리를 떠날 수가 없었다. 그래서 그 깊고 바닥을 알 수 없는 눈을 응시하며, 그녀 영혼의 평화가 그림자처럼 내 마음을 두루 덮기를 기다렸다. 그러고 나서 일어서서 말없이 집으로 돌아왔다.

그날 밤, 나는 사나운 바람 속에 서 있는 백양나무 꿈을 꾸었다. 하지만 나뭇가지에서는 한 잎 잎새도 흔들리지 않았다!

파묻힌 생명

우리 사이에는 익살스런 재담이 가벼이 날고 있다.

그러나 보라, 나의 눈이 눈물로 젖어 있음을!

이름 없는 슬픔이 나를 덮쳐온다.

그렇다, 우리는 잘 알고 있다. 우리가 재담을 주고받을 수 있음을,

우리는 너무나 잘 알고 있다. 우리가 웃음을 건넬 수 있음을!

그러나 이 가슴속에는 남모르는 무엇이 감추어져 있으니, 그것은 너의 가벼운 이야기도 몰아낼 수 없는 것,

너의 즐거운 웃음도 위안을 줄 수 없는 것,

너의 손을 이리 다오, 그리고 잠시만 침묵해다오.

다만 너의 그 맑은 눈을 내게로 향해다오.

너의 영혼 가장 깊은 곳을 읽을 수 있도록, 사랑하는 이여!

아, 사랑조차 이토록 약한 것일까?

마음을 열어 그것을 말하게 할 힘이 없는가?

사랑하는 이들조차 진정 느끼는 것을

서로 표현해낼 힘을 갖지 못한 것일까?

나는 알고 있었지, 수많은 이들이

자신의 생각을 감추는 것을,

혹시나 자신의 생각이 드러나면,

남들에게 무심히 거부당할까, 아니면 비난을 받을까

두려워하기 때문이라는 것을.

나는 또한 알고 있었지, 사람들은

거짓 탈을 쓰고 살아 움직인다는 것을,

남들에게나 자신에게나 이방인으로 머물러 있다는 것—그러나 모든 인간들의 가슴속에서는 똑같은 심장이 고동치지 않는가!

그러나 우리는? 사랑하는 이여!—그 같은 저주가 우리의 가슴과 우리의 목소리까지

마비시킨단 말인가?—그렇게 우리도 벙어리가 되어야 한단 말인가?

아! 단 한순간이라도 우리의 심장을 열어젖힐 수 있다면,
우리의 입술을 묶고 있는 사슬을 풀 수 있다면.
그러나 그것을 묶고 있는 것은 깊은 운명의 손길인 것을.

운명은,
인간이 얼마나 보잘것없는 아이가 될는지를 예지하고—
인간이 얼마나 하찮은 일들에 몰두하며
온갖 싸움질에 빠져들며,
사뭇 본연의 모습을 알아볼 수 없이 변할 수 있음을 예지하고—
인간이 경박스런 놀음 가운데서도
순수한 자아를 지키도록, 방종 가운데서도
존재의 법칙에 따르도록,
숨어 있는 인생의 강으로 하여금
우리 가슴 깊디깊은 곳을 관류해
보이지 않는 흐름을 추진하도록 명했다.
하여 우리의 눈은 그 묻힌 흐름을
보지 못하며, 비록 그 섭리의 흐름을 타고 있으되,
우리의 모습은 불확실함 속을
표류하는 장님 같은 것.

그러나 붐비는 세상의 길목에서도
소란스런 투쟁 속에서도
우리의 묻힌 생을 알고 싶은
무한한 욕구가 끊임없이 솟구치니.
그것은 우리 삶의 참된 본연의 길을 알고자
온 힘과 불꽃을 사르고 싶은 갈증이다.
우리 마음 깊은 곳에서 이토록 세차게 고동치는
심장의 신비를 캐려는—우리의 삶이
어디에서 와서 어디로 가는가를 알고자 하는 열망이다.

얼마나 많은 이들이 자신의 가슴을 파헤쳐보았는가.
그러나 슬프게도! 석연하게 그 광맥을 파헤친 사람은 아무도 없다.
우리는 몇천 갈래 길에 서보았고,
길목마다에서 정신과 힘을 보았다.
그러나 단 한순간도, 우리 본연의 길에 서보지도,
본연의 자아를 만난 적도 없다.
우리의 가슴을 통해 흐르는 그 숱한 이름 모를 감정 중에
단 한 가닥도 표현해낼 능력이 없었다.
하여, 그 감정들은 표현을 찾지 못한 채 영원히 흐르고 있다.
긴 세월 헛되이 우리는 숨겨진 자아를 좇아

말하고 행동하고자 한다. 우리의 말과 행동은 웅변이며
그럴싸하지만—아, 그건 진실은 아닌 것이다!

하여 우리는 이 같은 내면의 투쟁에
더는 시달리고자 하지 않는다.
속절없는 순간을 향해 요청한다, 몇천 가지 무위한 행위를,
그것을 망각하고 마비시킬 힘을.
아, 그러면 그 순간 즉각 응해와서 우리를 마비시키는 것이
다.
그러나 아직도 때로는, 몽롱하게 그림자처럼,
끝없이 아득한 어느 왕국에서 오듯
영혼의 깊은 현실에서
미풍과 부유하는 메아리가 찾아와
우리의 날들에 우울을 더해준다.

다만—아주 드물게—
사랑하는 이의 손길이 우리의 손에 놓일 때,
무한한 시간이 광채를 띠고 몰려와
녹초가 되어
우리 눈이 상대 눈의 말을 읽어낼 수 있을 때,
세상사에 귀 막은 우리 귀에

사랑하는 이의 목소리가 애무하듯 울려올 때—
그때에는 우리 가슴속 어디멘가 빗장이 열리고,
오랫동안 잊었던 감정의 맥박이 고동을 치게 된다.
눈은 내면을 향하고, 가슴은 평온해지며,
이제 우리는 우리가 뜻하는 것을 말하게 되고
우리의 소망을 알게 된다.
굽이치는 생의 속삭임을 듣게 되며, 생의 강물이 흘러가는
초원을, 태양과 미풍을 느낀다.
날아 도망치는 그림자 같은 휴식을 잡으려고
영원한 추격을 벌이는 인간의 치열한 경주에,
마침내 휴식이 찾아온다.
이제 서늘한 바람이 그의 얼굴을 스치고,
미문(未聞)의 고요가 그의 가슴을 덮는다.
그때 그는 생각하리라.
자신의 생명을 잉태한 언덕과
그 생명이 흘러갈 태양을 이제 알고 있노라고.

여섯째 회상

오, 이 땅에 얼마나 엄청난 보물이 감추어져 있는지를
차라리 몰랐더라면 좋았을 것을!
한번 사랑하고 나서 영원히 고독해져야 한단 말인가!
한번 믿고 나서 영원히 의혹에 빠져야 한단 말인가!
한번 빛을 받고 나서 영원히 눈이 멀어야 한단 말인가!

다음날 아침 일찍 방문 두드리는 소리가 나더니, 궁중 고문관인 늙은 의사가 들어섰다. 그는 작은 우리 도시 주민 모두의 친구이자, 정신 및 육체를 돌봐주는 사람이었다. 그는 2대에 걸쳐 주민들의 성장을 지켜봐온 것이다. 출산을 봐주었던 아이들이 어느새 아버지 어머니가 되었고, 그는 그들 모두를 자기 자식처럼 여겼다. 아직 독신이었지만, 고령인데도 정정하고 미남이라 부를 만한 풍모였다.

지금 내 기억에 남아 있는 그의 모습은 그날 내 앞에 서 있던 모습 그대로다. 숱이 많은 눈썹 밑에서 빛나던 밝고 푸른 눈, 머리칼은 백발이 성성했지만, 아직도 젊은 기운이 그대로 있어 구불구불 윤기가 흘렀다. 또한 은 장식이 달린 구두, 흰 양말, 언제 봐도 새것 같으면서도 항상 똑같은 것을 걸친 듯한 갈색 윗도리 등을 나는 잊을 수 없다. 또 지팡이는 어릴 적 나의 맥을 짚든가 처방전을 써줄 때 내 침대 곁에 세워두곤 했던 바로 그것이었다.

나는 잦은 병치레를 했다. 하지만 번번이 곧 회복된 것은 그 의사에 대한 나의 믿음 덕분이었다. 그 의사가 나를 낫게 해주리라는 점을 나는 눈곱만치도 의심한 적이 없었다. 나보고 병을 고치러 의사한테 가라고 하시던 어머니의 말씀은, 내게는 마치 찢어진 바지를 수선시키러 재봉사한테 보내겠다는 소리와 다름없이 들렸다. 약을 먹기만 해도 당장 낫는 느낌이었다.

"요즘 어떻게 지내나." 의사는 방 안에 들어서자 말했다.

"안색이 별로 좋지 않군. 너무 지나치게 공부를 하면 안 돼. 아무튼 오늘은 긴 수다를 떨 시간이 없네. 내가 온 것은, 다시는 후작 따님 마리아를 찾아가지 말라는 부탁을 하러 온 걸세. 나는 어제 밤새도록 그 여자를 지키고 있었다네. 그건 자네 탓이야. 그러니 그녀의 목숨을 소중히 생각한다면 다시는 그 여자를 방문하지 말게. 가능한 한 빨리 마리아를 시골로 가게 해야겠어. 자네도 얼마간 여행이라도 하는 게 좋겠지. 자, 그럼 잘 있게. 그리고 내 말을 꼭 지켜주게."

이 말을 하고 그는 내게 손을 내밀고, 내게서 약속을 받아 내려는 듯 다정하게 나의 눈 속을 들여다보았다. 그러고 나서 자신의 병든 자식들을 방문하러 떠나갔다.

타인이 내 마음속 비밀을 돌연히, 이토록 깊이 파고들었다는 사실, 실로 나 자신도 모르고 있던 것까지 알고 있다는 사실에,

나는 얻어맞은 듯 놀랐다. 그래서 의사가 벌써 큰길로 나섰을 때야 비로소 생각을 가다듬기 시작했다. 나의 마음속은, 벌써 불 위에 올려놓았는데 잠잠하게 달아올랐다가 돌연 끓기 시작하는 물처럼, 갑자기 터지도록 부글부글 끓어오르기 시작했다.

그녀를 다시 못 만난다니? 나는 진정 그녀 곁에 있을 때만 살아 있음을 느낀다. 조용히 있을 테다. 그녀에게 아무 말도 걸지 않고, 그녀가 잠들어 꿈을 꿀 때 가만히 창가에 서 있을 테다. 그런데 그녀를 만나지 못한다고? 작별 인사조차 할 수 없단 말인가? 그녀는 알 리가 없다. 내가 자기를 사랑한다는 사실을 알 턱이 없다. 아, 하긴 나도 그녀를 사랑하는 것은 아닐 거다. 나는 그녀를 탐하지 않는다. 아무것도 희망하지 않는다. 실로 그녀 곁에 있을 때처럼 내 심장이 평온히 뛰는 적이 없지 않은가. 하지만 나는 그녀가 곁에 있음을 느끼지 않고는 견딜 수가 없다. 그녀의 영혼을 호흡하지 않고는 견딜 수 없다. 그녀에게 가야만 한다! 그녀도 나를 기다릴 것이다.

운명이 아무런 뜻도 없이 우리 둘을 만나게 한 것일까? 내가 그녀의 위안이 되고, 그녀가 나의 안식이 되어선 안 된단 말인가? 인생이란 유희가 아니지 않은가. 두 인간의 영혼이 만나는 것이, 소용돌이치는 열풍이 모았다가 흩어버리는 저 사막 모래알의 만남과 같을 수는 없지 않은가. 행운이 마주치게 한 우리의 영혼들을 꼭 붙잡아야 한다. 왜냐하면 그 영혼들은 우리를 위해

점지된 것이니까. 그것을 위해 살고 싸우며 죽어갈 용기만 갖고 있다면, 어떤 힘도 우리에게서 그 혼을 빼앗아가지 못하리라. 그 나무 그늘 밑에서 그토록 행복한 꿈을 꾸다가 첫 번째 뇌성에 놀라 나무를 떠나가듯, 이제 내가 이렇게 그녀의 사랑을 떠나버린다면, 필시 그녀는 나를 경멸하리라.

그러자 갑자기 내 마음속이 평온해지며, 다만 '그녀의 사랑'이라는 말만 귓가에 쟁쟁하게 남았다. 스스로 흠칫 놀랄 지경으로, 그 말은 내 마음 온 구석구석에서 메아리처럼 울렸다. '그녀의 사랑'—내게 어디 그럴 만한 자격이 있는가? 실상 그녀는 나를 거의 모르고 있다. 설혹 그녀가 나를 사랑할 수 있다 하더라도, 나 자신 천사의 사랑을 받을 만한 자격이 없음을 그녀에게 내 입으로 고백해야 하지 않을까?

푸른 창공으로 비상하려 하지만 자신을 둘러싼 새장을 못 보는 새처럼, 내 마음에서는 온갖 상념과 희망이 후루룩 떠올랐다가 속절없이 가라앉곤 했다. 하지만 이 모든 행복이 이토록 가까이 있는데, 왜 그곳에 닿을 수는 없단 말이냐! 신은 기적을 행할 수는 없는 걸까? 신은 매일 아침 기적을 행하시지 않는가? 내가 믿음에 찬 기도를 올리며 신을 향해 간절히 매달리면, 결국 신은 내 기도를 종종 들어주시지 않았는가?

우리가 간구하는 것은 세속적 재화가 아니잖은가. 우리는 다만, 서로를 발견하고 알아볼 두 영혼이 손을 잡고 마주 바라보며, 이 짧은 지상의 여행을 같이 하도록 허락해달라는 것뿐, 그래서 목적지에 이를 때까지 나는 그녀의 병고의 지팡이가 되고, 그녀는 내게 위안이나 사랑스런 배려자로 머물기를 기원할 뿐인 것이다. 그리하여 그녀의 생에 또 한 번의 봄이 약속된다면, 그녀의 고통이 덜어지게 된다면!—오, 그때 내 눈앞을 스치고 지나갔던 축복받은 행복의 영상들이여!

돌아가신 그녀의 어머니는 그녀에게 티롤에다 성채를 남기셨다. 그곳 푸른 산속, 신선한 공기를 쐬며, 건강하고 소박한 주민들 틈에서, 복잡하게 물려 돌아가는 세상사, 세속의 근심과 싸움질에서 동떨어진 채, 질시와 비판의 눈초리도 없는 곳에서 우리는 얼마나 복된 평안에 잠겨 생의 저녁을 맞을 수 있을까? '저녁노을처럼 말없이 사라질 수' 있을까?

그때 나는 어두운 호수와 살아 있는 듯 명멸하는 호수의 물결을 보았고, 그 안에 비친 저 먼 빙산의 투명한 그림자를 보았다. 내 귀에는 양 떼의 방울 소리, 목동들의 노랫소리가 울려왔다. 또 총을 멘 포수들이 산을 넘어가는 모습, 저녁이면 마을에 모여드는 노인들과 젊은이들을 보았다. 그리고 어디를 가든 마리아는 평화의 천사처럼 축복을 뿌리며 지나갔고, 나는 그녀의 친구요, 안내자였다.

'별수 없는 바보!'라고 나는 소리쳤다. 바보 같은 녀석! 어쩌면 네 마음은 여전히 그토록 미개하며 비겁하단 말이냐! 정신 차리렴. 네가 누구인지를, 그녀와 얼마나 동떨어진 존재인지를 생각하라. 그녀는 상냥하고, 타인의 마음속에 자신을 비춰보기를 좋아한다. 하지만 그녀의 어린애같이 붙임성 있고 스스럼없는 태도야말로 그녀 마음에 너에 대한 별나게 깊은 감정이 깃들어 있지 않음을 여실히 보여주는 게 아니냐. 밝은 여름밤 홀로 너도밤나무 숲을 거닐 때, 달이 모든 나뭇가지와 잎새에 고루 은빛을 붓는 것을 너는 보지 않았느냐? 달은 어둡고 탁한 연못 물에도 빛을 비추고, 아무리 작은 물방울 속에서도 찬란하게 반영되지 않더냐? 이와 마찬가지로 그녀의 눈빛도 이 어두운 생을 향하고 있는 것이다. 마찬가지로 너 역시 그녀의 포근한 빛을 네 가슴에 투영시켜 담고 있을 수는 있다. 그러나 그 이상의 따뜻한 눈빛을 기대하지는 마라!

그때 불현듯 그녀의 모습이 생생하게 내 눈앞에 다가섰다. 기억 속의 상이 아니라 하나의 환영처럼 그녀는 내 앞에 서 있었다. 그때 비로소 처음으로 나는 그녀가 얼마나 아름다운가를 진실로 인식했다. 그것은 예쁜 소녀의 경우처럼 첫눈에는 우리를 눈부시게 하지만 얼마 안 가 봄날 꽃처럼 흩날려 가는, 그런 색채와 형태의 아름다움이 아니었다. 그 아름다움은 오히려 모든 본질이 조화된 모습이라 할 수 있었다. 하나하나의 움직임이 진실이요, 전체가 정신화된 표현이며, 육체와 정신의 완전한 융합으로서 그것을 바라보는 이에게 행복감을 주는 아름다움이었다.

자연이 차별 없이 분배하는 아름다움은, 인간이 그것을 자기 것으로 하지 않으면, 말하자면 노력하여 쟁취하지 않으면 만족을 주지 않는다. 그렇지 않은 경우 그 아름다움은 마치 여배우가 여왕 의상을 입고 무대로 나오는데 걸음을 떼어놓을 때마다 그 의상이 결코 그녀에게 어울리지 않으며, 그것이 자기 것이 아님을 드러내듯이, 오히려 불쾌감을 줄 뿐이다. 그러나 참된 아름다움이란 우아함이며, 우아함은 모든 압박과 육체적, 세속적인 것이 정신화된 모습을 보여준다. 그것은 추한 것까지 아름답게 하는 정신의 현존인 것이다.

그렇게 내 앞에 서 있는 환영을 관찰하면 할수록 나는 그 환영의 머리끝에서 발끝까지 풍기는 고귀한 아름다움을, 그 온 존재에 비치는 영적 깊이를 알아보았다. 오, 그토록 엄청난 축복이 내 곁에 가까이 있었다.

그러나 그 모든 것은 내게 지상의 행복의 절정을 보여주고 나서, 나를 인생의 넓은 사막으로 팽개치는 과정에 불과했다! 오, 이 땅에 얼마나 엄청난 보물이 감추어져 있는지를 차라리 몰랐더라면 좋았을 것을! 한번 사랑하고 나서 영원히 고독해져야 한단 말인가! 한번 믿고 나서 영원히 의혹에 빠져야 한단 말인가! 한번 빛을 보고 나서 영원히 눈이 멀어야 한단 말인가! 이것은 엄연한 고문이다. 인간이 행하는 여타 모든 고문도 이 고문에 비하면 실로 아무것도 아니리라.

이렇듯 나의 생각은 미친 듯 추적을 계속했다. 그러다가 마침내 모든 것이 잠잠해지고, 소용돌이치던 잡다한 상념들도 차츰 모아져 자리를 잡았다. 이러한 안정과 기진 상태를 아마 반성이라고 부를는지 모른다. 하지만 그것은 오히려 관찰과 같은 것이다. 온갖 사념들이 뒤섞이도록 시간을 허용하면, 마침내 그것들은 저절로 영원한 법칙에 따라 결정(結晶)을 이루는 것이다. 이 같은 과정을 화학자처럼 관찰하노라면, 여러 요소들이 융합해 하나의 형태를 획득한다. 그러면 우리는 그것들이, 또한 우리 자신도, 기대했던 것과는 딴판의 존재임을 보고 흔히 놀란다.

이 같은 망연한 관찰 상태에서 깨어나 내가 입 밖에 낸 첫마디는 '떠나야겠다'는 것이었다. 그와 동시에 나는 책상 앞에 앉아 의사에게 편지를 썼다. 두 주일 동안 여행을 하겠으니 모든 뒷일을 부탁한다는 내용이었다. 부모님들께는 곧 적당한 핑계의 말을 찾았다. 그리고 그날 저녁으로 나는 티롤로 가는 여로에 올랐다.

일곱째 회상

사랑이 어떤 것이든 간에, 마리아,

나는 당신을 사랑합니다. 그리고 느끼고 있습니다.

마리아 당신은 나의 것이라는 것을.

왜냐하면 나는 당신의 것이기 때문입니다.

친구와 손을 잡고 티롤 지방의 산과 계곡을 산책한다면, 우리는 거기서 생의 활력소를 듬뿍 마실 수 있을 것이다. 그러나 똑같은 길이라 해도 외로이 상념에 젖어 혼자 헤맨다는 것은 얼마나 부질없는 시간 낭비인가! 저 푸른 산과 어두운 계곡, 푸른 계곡과 세찬 폭포가 내게 무슨 소용이 있단 말인가? 내겐 그것들을 감상할 여유가 없다. 오히려 그것들이 나를 보며 외로운 내 모습을 의아스럽게 여기는 것만 같다. 온 세상에 내 곁에 있기를 원하는 이가 아무도 없다는 사실이 견딜 수 없게 가슴을 조여온다.

이러한 생각과 더불어 나는 매일 아침 잠에서 깨어났고, 머리에서 떠나지 않는 노래처럼 그 생각들은 온종일 나를 쫓아다녔다. 그리고 저녁이 되어 여관에 들어서 지친 몸을 털썩 주저앉히면, 방에 있던 사람들의 시선이 내게로 모아지며 외로운 방랑자의 행색을 의아하게 바라보았다. 그러면 나는 혼자가 되고 싶어 다시 아무도 없는 어둠 속으로 나갔다가 밤이 이슥해서야 살그머니 돌아와 몰래 내 방으로 기어 올라가 후텁지근한 침대에 몸을 던졌다. 그러고는 슈베르트의 가곡 〈네가 없는 곳에 행복이 있네〉를 마음속으로 줄곧 되뇌다가 어느새 잠이 들곤 했다.

어디를 가도 부딪치는 것은 찬란한 자연을 즐기며 환호하고 웃어대는 무리였다. 이런 무리에 부딪치는 것을 아무래도 참을 수가 없어, 마침내 나는 낮에 잠을 자고, 밝은 달밤을 타서 이리저리 헤매는 쪽을 택했다. 그럴 때면 최소한 나의 괴로운 상념을 몰아내고 생각을 다른 데로 돌리게 하는 한 가지 느낌이 찾아왔으니, 그것은 공포감이었다.

누구든 한번 길도 모르는 산속을 밤새도록 혼자 헤매어보라. 그러면 우리의 눈은 비상하게 민감해지고, 도저히 알아볼 수 없는 먼 곳의 형체까지 우리 시야에 들어온다. 우리 귀는 병적으로 긴장하여 어디서 들려오는지도 모를 잡다한 소리를 알아듣는다. 그리고 발은 바위 사이로 불거져 나온 나무뿌리에 차이거나 폭포에서 튀어 흩어지는 물방울로 적셔진 미끄러운 길에 곤두박질치게 된다. 그리고 가슴에 남아 있는 것은 위안받을 길 없는 황량함뿐, 우리를 따스히 해줄 기억도, 매달릴 희망도 없다. 한번 그런 등산을 시도해보라. 그러면 당신은 차가운 밤의 전율을 안팎으로 느낄 것이다.

인간의 마음에 생겨나는 최초의 공포는 신에게서 버림받는 일일 것이다. 그러나 생활은 그 공포를 몰아낸다. 바로 신의 형상에 따라 창조된 인간들이 외로움에 빠진 우리를 위로해주기 때문이다. 그러나 인간의 위로와 사랑마저 떠나가면, 우리는 실로 신과 인간 모두에게서 버림받는다는 것이 어떤 것인지를 절감하게 된다.

그때는 자연조차 우리를 위로하지 않는다. 자연은 그 말없는 시선으로 우리를 공포로 몰아넣는다. 그렇다. 아무리 단단한 바위를 확고하게 디디고 섰어도, 그 바위는 우리에게 그것이 생성되기 전 태고의 모습으로, 바닷속 먼지로 되돌아갈 것처럼 여겨진다. 우리의 눈이 빛을 찾는데, 마침 전나무 숲 뒤로 떠오른 달이 환한 암벽에다 뾰족뾰족한 나무 그림자들을 던져준다. 그러면 그 달은 우리에게 한때 태엽을 감아주었는데 멈춰버린 시계의 죽은 바늘처럼 보인다. 별들조차, 광활한 하늘조차, 외로이 버림받아 떨고 있는 한 영혼에게 안식처를 주지 않는다.

다만 한 가지 생각만이 우리에게 때로는 위안을 준다. 그것은 자연의 필연성, 무한성, 질서, 그리고 그 의연함이다.

여기, 폭포가 잿빛 바위 양편으로 검푸른 이끼를 뒤덮어 놓은 곳, 그 서늘한 그늘 속에서 우리의 눈은 모두 한 송이 물망초를 발견한다. 그것은 모든 갯가에, 지상의 모든 초원에 피어 있는, 천지창조의 아침 이래 끊임없이 만발하며 이 땅 위에 뿌려졌던 몇백만 자매 꽃들 가운데 한 송이에 불과하다. 그러나 꽃잎의 섬세한 줄기들, 꽃받침에 모인 꽃가루, 뿌리에 뻗은 섬유질의 한 올 한 올은 한결같이 헤아려져 정해진 수치니, 지상의 어떤 힘도 그것을 늘이지도 줄이지도 못하는 법이다.

우리의 둔한 눈을 예리하게 모아 초인적인 힘을 갖고 자연의 비밀 속에 더 깊은 시선을 던져보라. 이 현미경이 씨앗과 꽃봉오리와 꽃의 소리 없는 공장들을 열어 보이면, 그 섬세하기 이를 데 없는 조직과 세포 안에서 우리는 무한히 반복되는 형태를, 섬세한 섬유질 안에서 자연이 설계한 영원한 불가변성을 발견하게 될 것이다. 만약 우리가 이보다도 더 깊이 투시할 수 있다면, 우리의 시선이 닿는 곳마다 이처럼 동일한 형태의 세계가 다가와, 우리는 마치 거울로 둘러싸인 요지경 속에 들어선 듯 그 무한성에 갈피를 잡지 못하리라. 이 작은 꽃송이 안에 이토록 무한한 세계가 담겨 있다.

그리고 또 창공을 보라. 거기에도 영원한 질서가 자리잡고 있지 않은가. 위성은 유성 주위를, 유성은 항성 주위를, 항성은 또 다른 항성 주위를 맴돈다. 한층 예리한 시선에는 저 아득한 성운까지도 아름다운 신세계로 열릴 것이다. 그리고 생각해보라. 저 장엄한 별들이 부침하며 이룩하는 역사(役事)를. 별들의 운행은 사계절을 낳고, 물망초 씨앗을 거듭거듭 싹트게 하며, 세포가 열려 꽃잎이 돋아나게 하고, 마침내 초원의 양탄자를 꽃으로 장식하게 한다.

푸른 꽃받침 속에서 요람을 타고 있는 딱정벌레를 보라. 그것들이 생명체로 깨어나며 현존을 누리고 생명의 호흡을 하는 것은, 꽃의 조직이나 생명 없는 천체의 기구보다 더욱 경이로운 사실이다. 너 역시 이와 같은 영원한 총체 속에 속해 있음을 느껴보라. 그러면 너와 더불어 지구를 타고 돌아가며 너와 함께 살다가 시들어가는 저 무한한 피조물들로 해서 위로를 받을 수 있지 않겠느냐.

그러나 가장 하찮은 것에서 가장 위대한 것까지, 지혜와 힘을 지니고, 그 생성의 기적과 기적의 현존을 모두 포괄하는 이 총체란, 결국 저 어느 한 존재의 작품이 아니겠느냐. 그 존재란 네 영혼이 무서워 뒷걸음치는 존재가 아니라, 그 앞에서 너의 나약함과 무상함을 느끼고 꿇어 엎드리며, 그의 사랑과 자비심을 느껴 다시금 그를 향해 네가 일어서는 그런 존재다. 꽃의 세포나 별의 세계, 딱정벌레의 생성보다 더 무한하고 영원한 무엇이 네 안에 있음을 느낀다면—마치 그림자 같은 너의 내부에 영원한 분의 광채가 두루 비침을 인식한다면—너의 내면과 너의 발밑, 그리고 머리 위에서 반영에 불과한 너를 존재로 만들며, 너의 불안을 평안으로, 너의 고독을 보편으로 화하게 하는 실재자의 편재를 느낀다면, 그때는 너는 알게 되리라. "창조주 아버지시여, 당신의 뜻이 하늘에서 이루어진 것같이 땅에서도 이루어지게 하옵시며, 땅에서 이루어진 것같이 내게도 이루어지게 하옵소서"라고 생의 어두운 밤 속에서 네가 부르는 대상이 누구인지를.

그때에는 네 마음속과 주변이 밝아지고 새벽의 어둠이 차가운 안개와 더불어 걷히며, 새로운 따스함이 진동하는 자연 속을 관류할 것이다. 너는 다시는 놓지 않을 하나의 손길을 찾아낸 것이다. 그 손은 산이 흔들리고 달과 별이 사라져도 너를 지켜줄 것이다. 네가 어디에 있거나 너는 그분 곁에 있으며, 그분 역시 네 곁에 계신다. 그분은 영원히 가까이 계시는 분, 꽃과 가시를 포함한 이 세계의 주인이시며, 슬픔과 고뇌를 뭉뚱그려 인간의 주인이시다. '신의 뜻이 아니면 아무리 하찮은 일이라도 네게 일어나지 않느니라.'

이러한 상념에 매달리며 나는 계속 헤맸다. 순간순간 나의 마음은 밝게 갰다 어두워지곤 했다. 우리가 비록 마음속 깊은 곳에서는 안식과 평안을 찾았다 해도 이 성스러운 은둔의 생활에 고요히 머문다는 것은 얼마나 어려운 일인가. 그렇다. 우리는 안식과 평안을 발견한 뒤에도 곧잘 많은 부분을 다시 망각하며 안식과 평안으로 되돌아갈 길을 알지 못할 때가 자주 있는 법이다.

몇 주일이 흘렀다. 그녀에게서는 한 줄 소식도 없었다. '어쩌면 그녀는 이미 영원한 안식을 찾아갔는지도 모른다.'—이것은 내 입가에 뱅뱅 돌며 아무리 떨치려 해도 다시 돌아오는 또 다른 노래였다. 그건 있을 수 있는 일이었다. 의사 말로는 그녀는 심장병을 앓고 있으며, 자기도 매일 아침 그녀에게 갈 때마다 이미 그녀가 세상을 떠났을 수도 있다고 각오한다고 하지 않았던가.

그렇다면 그녀와 작별 인사도 못하고, 그녀를 사랑한다는 말을 끝내 하지 못하고 만약 그녀가 세상을 떠나버린다면—그런 나를 스스로 용납할 수 있을까? 그녀를 뒤쫓아가, 저승에서라도 그녀를 다시 만나 그녀도 나를 사랑하고 있으며 나를 용서한다는 말을 듣지 않고 배길 수 있을까? 아, 인간은 왜 이다지도 삶을 유희하는 것일까. 매일매일이 마지막 날일 수도 있으며, 잃어버린 시간은 곧 영원의 상실임을 생각하지 않고, 왜 이렇듯 자신이 행할 수 있는 최선의 것과 누릴 수 있는 최고의 아름다움을 하루하루 미룬단 말인가.

그러자 내가 마지막 만났을 때 의사가 하던 말이 생생하게 떠올랐고, 나의 돌연한 여행의 결심은 단지 의사에게 내가 강하다는 것을 과시하려는 것이었음을—머물러서 그에게 나의 나약함을 고백하기가 힘들었기 때문임을 깨달았다.

이제 분명해졌다. 내게 주어진 의무는 지체 없이 그녀에게 되돌아가 하늘이 우리에게 주신 모든 것을 감내해야 하는 것이었다. 그러나 돌아갈 작정을 하자마자 문득 '가능한 한 빨리 마리아를 시골로 가게 해야겠다'던 의사 말이 생각났다. 그녀 자신도 여름이면 대개 자신의 성에서 지낸다고 말한 적이 있었다. 어쩌면 그녀는 그 성에, 여기서 아주 가까운 곳에 있을 승산이 컸다.

하룻길이면 그녀에게 갈 수 있다. 이런 생각이 들자 나는 즉각 행동에 옮겼다. 동이 트자 출발했고, 저녁때는 그녀의 성문 앞에 닿았다.

고요하고 밝은 저녁이었다. 산봉우리들이 저녁노을을 받아 황금빛으로 반짝이고, 산 중턱은 보랏빛으로 물들어 있었다. 계곡에서 회색 안개가 올라와 높은 지대로 떠오르면서 갑자기 환해지더니 구름바다처럼 하늘로 물결쳐 올랐다. 그리고 이 모든 다채로운 색조가 살랑이는 어두운 호면에 비쳐 있었고, 호면으로는 산줄기들이 오르락내리락 출렁이듯 솟아 있어, 현실 세계와 호면의 투영을 구별해주는 윤곽은 다만 나무 꼭대기와 교회의 뾰족탑, 집집마다 솟아오르는 연기들뿐이었다.

그러나 나의 시선은 오로지 한 지점에 향해 있었다. 내 예감이 거기 가면 마리아를 만날 수 있으리라고 말해준 옛 성채였다. 하지만 불이 켜진 창문은 하나도 보이지 않았고 저녁의 정적을 깨는 발소리 하나 들려오지 않았다. 내 예감이 틀린 것일까? 나는 천천히 첫 번째 성문을 통과하여 계단을 올라 성의 안마당에 들어섰다. 거기엔 보초가 이리저리 왔다 갔다 하고 있었다. 나는 그 보초한테 달려가, 성에 누가 와 있느냐고 물었다. "후작 따님과 그 시종들입니다"라는 짧은 대답이었다. 그 순간 나는 벌써 현관 앞에 서서 초인종을 잡아당기고 있었다.

그제야 비로소 정신이 들었다. 내가 지금 무슨 짓을 벌이고 있담! 여기엔 나를 아는 이가 아무도 없고, 내가 누구라고 말할 수도 없지 않은가. 게다가 몇 주일 동안 산속을 헤매고 난 터라 꼭 거지 행색이었다. 뭐라고 말을 해야 하지? 누구를 찾아야 하지? 그러나 그런 생각을 미처 털 틈도 없이 문이 열리고 정식으로 제복을 입은 문지기가 나와 의아스러운 시선을 보냈다.

나는 그녀 곁을 떠나지 않고 시중을 들 것으로 여겨지는 그 영국 부인이 성에 와 있느냐고 물었다. 문지기가 그렇다고 말하자, 나는 종이와 펜을 달라고 부탁해서, 후작 따님께서 어떻게 지내시는지 궁금하여 내가 왔노라는 전갈을 썼다. 문지기는 하인을 불러 편지를 갖고 올라가게 했다. 그가 긴 복도를 뚜벅뚜벅 걷는 소리가 들렸다. 그렇게 기다리는 순간이 지나갈수록 점점 내 처지가 참을 수 없는 것으로 느껴졌다.

벽에는 후작 가의 초상화들이 걸려 있었다. 완전무장을 한 기사들, 옛날 복장을 한 여인들, 가운데에는 붉은 십자가를 가슴에 늘어뜨린 흰 수녀복 차림의 여인 초상화가 걸려 있었다. 이제껏 나는 이런 초상화를 퍽 자주 보아왔다. 하지만 그 그림의 주인공 가슴에서도 언젠가 인간의 심장이 뛰고 있었으리라고 생각해본 적은 한 번도 없었다. 그런데 지금 갑자기 그들의 모습에서 모든 뜻을 읽을 수 있을 듯한 느낌이 들었고, 그들 모두가 나를 향해, '우리도 한때 살아 있었고, 우리도 한때 괴로워했느니라'고 말하는 것만 같았다. 이 철갑의 무장 밑에서도 어느 때는 지금 내 가슴속처럼 비밀들이 감추어져 있었으리라. 또 이 흰 수녀복과 붉은 십자가는, 그 주인공의 가슴에서도 지금의 내 가슴속에서 벌어지는 것 같은 치열한 갈등이 있었다는 산 증거가 아니겠는가. 그러자 그들 모두가 동정 어린 시선으로 나를 보는 듯한 느낌이 들었다. 하지만 곧 그들은 다시금 오만한 표정으로 되돌아가며 '너는 우리에게 속해 있지 않아'라고 말하려는 것 같았다.

이렇게 갈수록 참담한 기분에 빠져드는데, 갑자기 나직한 발소리가 나서 나를 멍한 꿈에서 깨워주었다. 영국 부인이 계단을 내려와 나를 한 방으로 안내했다. 나는 혹시나 이 부인이 내 마음속에서 벌어지는 일을 눈치 채고 있지 않나 싶어 살피듯 그녀를 눈여겨보았다. 하지만 그녀의 표정은 담담했다. 눈곱만치도 관심을 드러내거나 의아해하는 기색 없이 차분한 어조로, 후작 따님께서는 오늘 한결 상태가 나아지셔서 반 시간 뒤에 나를 만나고자 하신다고 말하는 것이었다.

훌륭한 수영 선수는 바다 멀리까지 헤엄쳐 나가기를 겁내지 않는다. 그는 팔에 점점 힘이 빠지는 것을 느낄 때에야 비로소 되돌아갈 생각을 한다. 그러고는 아득히 먼 곳의 해안에는 감히 시선을 던지지 못하고 허겁지겁 파도를 가른다. 팔을 한 번 휘두를 때마다 힘이 빠져나가는 것을 느끼면서 그는 그 사실을 인정하려고 들지 않는다. 그러고는 마침내 맹목으로 허우적거리며 자신의 처지를 거의 의식할 수 없는 상황에 이른다. 이때 갑자기 그의 발이 땅에 닿고 그의 팔은 해변의 아무 바위나 움켜잡게 된다.

부인의 말을 들었을 때 내 기분이 바로 그러했다. 새로운 현실이 나를 맞고 있었다. 지금까지의 번뇌는 한 가닥 꿈이었다. 이 같은 순간이란 인간의 생에서 극히 드문 법이다. 수많은 이들이 이 같은 환희를 모르고 죽어간다. 하지만 자식을 처음으로 품에 안는 어머니, 공을 세우고 전쟁터에서 돌아오는 외아들을 맞는 아버지, 자기 나라 국민의 갈채를 받는 시인, 사랑하는 애인에게 뜨거운 손을 내밀었을 때 뜨거운 응답의 악수를 받는 청년, 이들은 꿈이 현실로 화한다는 것이 무엇인지를 알 것이다.

반 시간이 흘렀다. 그러자 한 하인이 와서 나를 이끌고 수많은 방들을 지나 어느 방문을 열었다. 저녁의 어스름한 빛 속에 하얀 자태가 보였다. 그리고 그녀의 머리 위로 난 높은 창문으로는 호수와 노을 진 산들이 보였다.

"참 기이한 만남이지요"라고 그녀의 맑은 목소리가 내게 울려왔다. 그 한마디 한마디는 무더운 여름 땡볕 뒤의 시원한 빗방울 같았다.

"기이한 만남이 있는가 하면 기이한 상실도 있지요"라고 나는 말하며 그녀의 손을 잡았다. 이렇게 우리가 다시 만나 함께 있음이 온몸으로 느껴져왔다.

"그렇지만 서로를 상실하는 것은 인간 자신의 탓이랍니다"라고 그녀가 말을 이었다. 여전히 멜로디처럼 말을 반주하는 듯한 그녀의 목소리는 부지중에 한결 부드러운 어조로 바뀌었다.

"그래요. 그건 그렇습니다. 먼저 몸이 어떤지를 얘기해주십시오. 내가 이렇게 앉아 얘기를 나누어도 괜찮은 건가요?" 하고 나는 물었다.

"사랑하는 친구여" 하고 그녀는 웃음 지으며 말했다. "당신도 알다시피 나는 늘 아프답니다. 내가 좀 기분이 낫다고 말하는 것은, 단지 저 의사 선생님을 위해서예요. 사실 그분은 내가 태어나면서부터 지금까지 이렇게 살아 있는 것이 오로지 자신과 자신의 의술 때문이라고 확신하고 계시거든요. 이번에 저 수도에 있는 성을 떠나기 전에 나는 그분을 정말 깜짝 놀라게 해드렸어요. 어느 날 저녁인가 내 심장의 고동이 멎어버렸거든요. 이제 다시는 심장이 회생하지 못할 거라고 여길 만큼 나 자신도 무척 겁이 났었어요. 어쨌든 이건 지나간 얘기죠. 뭣 때문에 이런 얘기를 할 필요가 있겠어요? 다만 한 가지 내 마음을 우울하게 하는 것이 있어요. 나는 항상 언제고 평화로이 눈을 감을 수 있을 것이라고 믿었지요. 그런데 지금은 나의 병고가 이승과의 하직마저 아주 힘들게 할 것 같은 느낌이에요."

그녀는 자신의 가슴에 손을 얹고 말을 이었다.

"그런데 당신은 어디에 가셨었지요? 얘기 좀 해주세요. 어째서 그렇게 소식을 끊으셨나요? 그 늙은 의사 선생님은 당신의 갑작스런 여행에 대해 이런저런 이유를 늘어놓으셨어요. 그래서 나는 결국 그분에게 당신 말을 못 믿겠다고 말했어요. 그랬더니 나중에는 가장 믿을 수 없는 이유를 털어놓으시지 않겠어요? 무슨 이유였는지 맞춰보세요."

"그 이유는 믿을 수 없는 것으로 보일 수도 있겠지요." 나는 그녀가 그 말을 입 밖에 내지 않게 하려고 얼른 말을 가로챘다. "그렇지만 그 이유는 진실이었을 겁니다. 하지만 다 지나간 얘기입니다. 이제 와서 왜 이런 얘기를 해야 되지요?"

"그렇지 않아요. 어째서 그것이 지나간 얘기인가요? 그 의사 선생님이 당신의 돌연한 여행의 궁극적 이유를 말해줬을 때, 나는 그분더러 당신들 둘 다 이해할 수 없다고 말했어요. 나는 병들고 외로운 여인이에요. 그러니까 지상에서의 나의 삶이란 서서히 죽어가는 것에 불과해요. 그런 내게 만약 하늘이, 나를 이해하는, 아니면 그 의사 선생님 말대로 나를 사랑하는 사람을 몇 보내셨다면, 왜 굳이 그 관계가 나와 그들의 평화를 깨뜨려야 하는 걸까요? 의사 선생님이 그 같은 고백을 했을 때, 마침 내가 좋아하는 늙은 시인 워즈워스*를 읽던 참이었지요. 그래서 의사 선

---

* William Wordsworth(1770~1850) : 영국의 계관 시인. 영국에서 최초로 "가난한 시골 사람들 스스로의 감정의 발로만이 진실된 것이며, 그들이 사용하는 소박하고 친근한 언어야말로 시에 알맞은 언어"라는 유명한 낭만주의 문학 선언을 함으로써, 자연에 대한 유미적 관심이 동양에 비해 희박했던 유럽에 범신론적

생님께 이렇게 말했어요.

'선생님, 우리는 너무나 많은 생각을 품고 있으면서 표현할 말을 조금밖에 갖고 있지 못해요. 그러니까 한마디 한마디에도 수많은 생각을 담아내지 않을 수 없지요. 혹시 우리를 모르는 사람이 그 젊은 우리의 친구가 바로 나를 사랑한다는, 아니면 내가 그를 사랑한다는 소리를 듣는다고 쳐보세요. 그 사람들은 얼른 로미오가 줄리엣을, 또 줄리엣이 로미오를 사랑하는 것 같은 그런 사랑을 연상할 거예요. 그렇다면 선생님이 저보고 그래서는 안 된다고 하신 말씀은 지당한 얘기가 되겠지요. 그렇지만 선생님, 선생님도 저를 사랑해주시고, 저도 선생님을 사랑하고 있지 않아요? 벌써 오래전부터 저는 선생님을 사랑하면서도 아마 한 번도 그런 얘기를 털어놓은 적이 없을 거예요. 하지만 그렇다고 해서 저는 절망하거나 불행했던 적은 한 번도 없어요.

그래요, 선생님. 좀 더 얘기를 해야겠어요. 선생님께서는 저에게서 불행한 사랑을 느끼고 계신 거예요. 그래서 우리의 그 젊은 친구를 질투하고 계신 거랍니다. 선생님께서는 나의 상태가 아주 좋은 것을 알면서도 매일 아침 어김없이 오셔서 어떠냐고 묻

자연관을 펼침. 개인의 일생으로 보면 젊은 날 A. 발롱이라는 여성과 깊은 사랑에 빠져 딸을 낳기까지 했으나 오랫동안 비밀로 숨겨왔다. 또한 그의 누이 도로시는 항상 시인 곁의 자상한 동반자로서 1799년 이후에는 그레스미어 호반의 더브코티지에서 같이 살았다. 이 시인의 일생과 자연관은 《독일인의 사랑》에서도 많은 공감을 얻고 있음을 알 수 있다.

곤 하시지요? 선생님 집 정원의 가장 예쁜 꽃도 가져오시고요. 내 사진도 달라고 하셨지요? 그리고—어쩌면 이 말은 안 하는 게 옳을는지 모르지만—지난번 일요일에는 내 방에 들어오셔서 내가 잠든 줄로 생각하셨지요? 나는 정말 잠들었더랬어요. 최소한 꼼짝도 할 수가 없었어요. 그렇지만 저는 보았어요. 선생님께서 내 침대 곁에 앉아 꼼짝도 않고 나를 응시하셨던 것을요. 그때 나는 선생님의 그 눈빛을 내 얼굴에 닿아 어른거리는 햇빛처럼 느꼈지요. 그런데 급기야 선생님 눈빛이 흐려졌어요. 그리고 나는 그 눈에서 눈물방울이 떨어지는 것을 느꼈지요.

선생님은 두 손에 얼굴을 묻고 큰 소리로 흐느끼며, 마리아, 마리아! 하고 부르셨어요. 아, 선생님, 우리의 젊은 친구는 내게 그런 적이 없어요. 그런데도 선생님은 그를 멀리 보내셨단 말이에요.'

나의 말버릇이 늘 그렇듯이, 농담 반 진담 반으로 이렇게 얘기를 하고 나서 나는 이 말이 의사 선생님의 마음을 몹시 상하게 했음을 깨달았어요. 그분은 입을 꽉 다물고 어린애처럼 부끄러워하셨어요. 그때 나는 마침 읽고 있던 워즈워스 시집을 집어 들고 말했지요.

'여기 내가 사랑하는, 진심으로 사랑하는 노인이 또 한 분 있답니다. 이분은 나를 이해하고 나는 그분을 이해해요. 그렇지만 우리는 지금껏 만난 적도 없고 앞으로도 영 못 만날 거예요. 세상 일이 흔히 그러니까요. 이분의 시 한 편을 읽어드리고 싶어요. 이걸 들으시면 선생님도 사랑을 어떻게 할 수 있는지, 사랑이란 사랑하는 남자가 사랑하는 여인의 머리에 씌워주는 소리 없는 축복의 관이라는 것을 알게 되실 거예요. 그리고 사랑하는 그는 축복에 찬 우수를 안고 자신의 길을 떠나가는 것이랍니다.'

그러고 나서 나는 그분에게 워즈워스의 〈산지(山地)의 소녀〉를 읽어드렸어요. 자, 저 램프를 좀 가까이 당겨놓고 당신이 이 시를 다시 한번 들려주세요. 이 시를 들을 때마다 생기를 찾게 되거든요. 이 시에는 눈 덮인 산의 순결한 가슴을 향해 사랑과 축복의 팔을 벌리는, 저 고요하고 무한한 저녁노을 같은 정신이 깃들어 있답니다."

그녀의 말이 조용히 느릿느릿 내 영혼 속으로 울려오는 사이에 나의 가슴도 마침내 평온과 질서를 되찾았다. 폭풍은 지나갔다. 그리고 그녀 모습이 은빛 달처럼 잔잔하게 물결치는 나의 사랑의 파도 위로 둥실 떴다. 나의 사랑. 하지만 사랑이란 만인의 심장을 타고 흐르는 대양이 아닌가. 그래서 누구든 저마다 그것을 자신의 사랑이라고 부르지만, 실은 온 인류에게 생명을 주는 맥박인 것이다. 저 바깥으로는 점점 정적과 어둠이 깃드는 대자연이 우리 눈앞에 펼쳐져 있었다. 나는 그 대자연과 함께 묵묵히 침묵을 지키고 싶었다. 하지만 그녀가 책을 주는 바람에 시를 읽어내려갔다.

산지의 소녀

사랑스런 산속의 소녀야,
지상에서의 네 혼수(婚需)는 봇물처럼 터지는 네 아름다움이로구나.
일곱을 갑절한 세월은,
그것이 베풀 수 있는 최대의 풍요를 네 머리에 씌웠구나.
여기 회색 바위들, 저기 쾌적한 잔디,
베일을 막 반쯤 벗은 저 나무들,
잔잔한 호숫가에서
혼잣말을 되뇌며 쏟아지는 폭포수,
이 자그마한 계곡, 네 보금자리를
감싸주는 저 고요한 산길,
실로 너희들은 아름다운 꿈이
어울려 엮어낸 듯싶구나.

세속의 번뇌가 잠들 때면,
은신처에서 살그머니 얼굴을 내미는 형상들이여!
그러나 오, 아름다운 소녀야!
그 흔한 햇빛을 받으면서 이렇듯 성스럽게 빛나는 너.
비록 환영에 지나지 않을지라도, 내 너를 축복해주마,

인간의 깊은 가슴으로 축복해주마,

마지막 날까지 신이 너를 보호해주시기를!

내 너를 모르고, 너의 이웃도 너를 모른다만,

내 눈에는 눈물이 가득 고인다.

내 멀리 떠날 때

뜨거운 마음으로 너를 위해 기도를 하리라.

이토록 지순함 속에서 성숙하며

인정과 친근미를 주는

표정, 얼굴을

일찍이 내 어디서 만났으랴.

무심히 뿌려진 씨앗처럼

세상과 동떨어진 이곳에 뿌려진 너,

그런 네게 짐짓 새침 부리고 당황하는 표정이며

처녀 같은 수줍음이 무슨 필요가 있으랴.

네 이마에는 산(山)사람의 자유로움이

투명하게 씌워져 있다.

즐거움이 함빡 담긴 얼굴!

인간의 온정에서 우러나는 포근한 웃음!

당연한 어울림이 있는 그대로

너의 몸가짐을 지배하는구나.

네겐 아무 거침이 없다, 다만 네 안에서
분수처럼 격렬하게 솟구치는
상념들을, 네 빈약한
어휘들이 잡지를 못할 뿐.
훌륭히 견디어온 멍에,
네 태도에 우아함과 생기를 주는 투쟁!
태풍을 사양 않는 새들을 볼 때면
나는 감동을 떨칠 수 없었지—.
그렇게 맞바람을 치며 오르는 거다.
이토록 아름다운 너를 위해
어떤 손이 꽃다발 엮기를 마다할까!
오, 이 얼마나 가없는 기쁨이냐! 이곳
히스 관목 무성한 골짜기에서 너와 함께 지낸다는 건!
네 소박한 생활을 좇아 살며, 입으며
나는 양치기, 너는 양치는 소녀!

그러나 이 엄숙한 현실보다 더한
한 가지 소망을 너를 위해 이루고 싶다.
너는 내겐 거친 바다의
한 줄기 파도, 할 수만 있다면
네게 원하는 게 있다.

하기야 그건 평범한 이웃의 청에 지나지 않는 것.

네 목소리를 듣고 너를 바라볼 수 있는 것이 얼마나 큰 기쁨인지!

너의 오빠라도 좋고,

너의 아버지라도 좋다. 아니 너를 위해 세상 무엇이라도 되고 싶다.

이제 나는 신에게 감사한다! 이 외딴 곳으로
나를 안내해준 그 은총을.
나는 큰 기쁨을 맛보았고, 이제 이곳에서
풍요한 보상을 안고 떠난다.
이런 곳에서라면 우리는
기억을 존중할 줄 알게 된다.
기억이 눈을 갖고 있음을 느끼게 된다.
그럴진대, 왜 내가 떠나기를 꺼리는가.
나는 이곳이 그녀를 위해 마련된 장소임을 느낀다.
생이 지속되는 한 이 장소는
지난날과 똑같이 새로운 기쁨을 주리라는 것을.
아름다운 산속 소녀야,
하여, 나는 기꺼이 흐뭇한 마음으로
너를 떠나련다.

내 백발에 이르도록
지금 내 눈앞의 전경을
똑같이 아름답게 볼 수 있음을 알고 있기에—
저 호수와 계곡과 폭포,
작은 오두막,
그리고 그 모든 것의 정신인 네 모습까지!

나는 읽기를 끝마쳤다. 그 시는 마치, 바로 얼마 전까지도 내가 커다란 나뭇잎 잔에서 방울방울 떨어지는 것을 받아 마셨던 시원한 샘물처럼 느껴졌다.

그때 그녀의 부드러운 음성이, 꿈을 꾸는 듯한 기도에서 우리를 깨워주는 오르간의 첫 음처럼 울려왔다.

"바로 이 시에 그려진 것처럼 당신이 나를 사랑했으면 싶어요. 저 의사 선생님도요. 바로 이런 식으로 우리는 서로 사랑하고 믿을 수 있어야 해요. 그런데 세상은, 물론 나는 세상을 잘 모릅니다만, 이런 사랑과 믿음을 이해하지 못하는 것 같아요. 우리가 얼마든지 행복하게 살아갈 수도 있었을 이 땅을 인간들이 슬픈 현존으로 만들어버린 거예요.

옛날에는 달랐던 것 같아요. 그렇지 않다면 어떻게 호메로스가 나우시카 같은 사랑스럽고 건강하며 섬세한 여인을 만들어낼 수 있었겠어요? 나우시카는 첫눈에 오디세우스를 사랑하게 되었어요. 그래서 친구들에게 당장에 말하지요.

'저런 분이 내 남편이 되어 여기 머물려고 하신다면 얼마나 좋을까'라고. 그런데도 오디세우스랑 당장 거리에 나타나기를 부끄러워하면서, 당신처럼 늠름하고 훌륭한 이방인을 집으로 데려가면 사람들이 남편을 데려왔다고 할 것이라고 그에게 대놓고 털어놓아요. 이 모든 행동이 얼마나 아름답고 자연스러운가요. 그렇지만 오디세우스가 처자가 있는 고향으로 돌아가고 싶다고 말했을 때, 나우시카는 아무 불평도 내색하지 않고 스스로 그의 눈앞에서 숨어버리지요. 아마도 그 여자는 그 늠름하고 훌륭한 이방인의 모습을 소리 없는 기쁨으로 찬탄하며 오래오래 가슴에 새기고 있었을 겁니다. 그걸 우리는 느낄 수 있어요.

그런데 우리네 시인들은 왜 이런 사랑을 모를까요? 이처럼 환희에 찬 고백과 조용한 이별을! 오늘날의 시인이라면 나우시카를 여자 베르테르로 만들어버렸겠지요—그럴 것이, 우리에겐 사랑이 결혼이라는 희극이나 비극의 전주곡에 지나지 않기 때문이랍니다. 그럼 다른 유의 사랑은 진정 없는 걸까요? 이 같은 순수한 행복의 샘은 아주 말라버린 걸까요? 사람들은 오로지 취하게만 하는 묘약만 알 뿐, 생기를 주는 사랑의 샘물을 모르는 걸까요?"

이 말을 듣자 내게는 그 영국 시인의 다음과 같은 탄식이 떠올랐다.

만약 이 믿음이 하늘에서 온 것일진대,
만약 그것이 자연의 거룩한 계획일진대,
인간이 인간으로 무엇을 만들든,
탄식할 아무 이유가 없으리.

"참으로 시인은 얼마나 행복할까요"라고 그녀가 말했다. "시인의 언어는 몇천의 영혼 안에서 침묵하는 저 가장 깊은 곳의 감정을 현존으로 불러내어옵니다. 그들의 노래가 가장 감미로운 비밀의 고백이 된 예가 얼마나 많았는지요! 시인의 심장은 가난한 자의 가슴에서도 부자의 가슴에서도 고동칩니다. 행복한 이들은 시인과 더불어 노래하고, 슬픈 이들은 시인과 더불어 눈물짓지요.

그렇지만 워즈워스처럼 완전히 나의 것으로 느껴지는 시인은 내겐 없어요. 하긴 그를 좋아하지 않는 나의 친구들도 많아요. 그들은 워즈워스가 시인이 아니라고 말합니다. 정말 워즈워스는 전통적인 시인의 상투어며 과장법, 이른바 시적 감흥이라고 하는 일체의 것을 피합니다. 그렇지만 바로 그런 요소가 내가 이 시인을 좋아하는 점이에요.

그는 진실을 말합니다. 그리고 진실이라는 이 한마디에 무엇이든 다 들어 있는 거예요! 그는 우리로 하여금 초원에 핀 들국화처럼 우리 발밑에 놓인 아름다움에 눈을 뜨게 한답니다. 그는 모든 것을 있는 그대로 솔직하게 부르지요. 누구도 놀라게 하거나 현혹하려 하지 않아요. 찬탄을 받으려 하지도 않습니다. 그는 다만 우리의 손이 탐하여 움켜쥐거나 꺾어 갖지 않는 모든 것들이 얼마나 아름다운가를 사람들에게 보여주려 합니다.

풀줄기 위에 맺힌 이슬방울이 황금 속에 박힌 진주보다 더 아름답지 않은가요? 어디선지 모르게 우리를 향해 졸졸 흘러오는 살아 있는 샘물이 베르사유 궁전의 인공 분수보다 더 경이롭지 않은가요? 이 시인의 '산속의 소녀'가 괴테의 헬레나*나 바이런의 하이디보다 더 사랑스럽고 참된 아름다움의 구현이 아닐까요? 그리고 그의 친근감 가는 언어와 순수한 생각들.

일찍이 우리 나라에 이 같은 시인이 없었다는 게 얼마나 슬픈 일인지요! 실러가 만약 고대 그리스인들이나 로마인들에게 기대지 않고 자기 자신을 더 신뢰했다면 우리의 워즈워스가 되었을는지 모르지요. 만약 뤼케르트**가 초라한 조국을 등지고《동방의 장미》에서 고향과 위안을 구하지 않았다면 아마 워즈워스에 가장 가까운 시인이 되겠지요.

있는 그대로의 자신이 되는 용기를 지닌 시인은 실로 드물답

---

* Helena : 괴테가《파우스트》에서 고전적 아름다움의 상징으로 내세운 여인.

** Friedrich Rückert(1788~1866) : 독일의 동양학자, 시인, 번역가. 1826년 이후 에를랑겐대학과 베를린대학의 동양어학 교수를 지냈다. 1822년 발표된《동방의 장미》는 페르시아 시인(하피스)의 모작이다.

니다. 워즈워스는 그런 용기를 갖고 있었습니다. 위대한 사람들의 경우 우리가 즐겨 귀 기울이는 것은 그들의 위대한 이야기가 아니라, 보통 사람들처럼 자기네의 사상을 길러, 무한으로 통하는 새로운 전망이 열릴 투명한 순간까지 참을성 있게 기다리는 과정이랍니다.

마찬가지로 워즈워스의 시는 누구나가 말할 수 있는 얘기만 담고 있지만, 바로 그래서 나는 그를 좋아합니다. 위대한 시인은 결코 평정을 잃지 않는 법이죠. 호메로스를 읽어보면, 단 한 줄의 아름다움도 담지 않은 시구가 얼마든지 있습니다. 단테도 마찬가지예요. 그런가 하면 핀다르* 같은 시인은 모두의 찬사를 받지만, 그의 열광적인 도취경이 오히려 나를 절망으로 몰아넣어요.

한여름만이라도 이 시에 그려진 호숫가에서 지낼 수 있다면 얼마나 좋겠어요. 워즈워스와 더불어 그가 읊은 모든 장소를 찾아보고, 그가 시에 담아 도끼날을 면케 한 모든 나무들에게 인사를 할 수 있다면, 한 번이라도 그가 서술했던, 아마 그림으로라면 터너**밖에 표현하지 못했을, 아득한 일몰을 같이 바라볼 수 있다면 여한이 없을 것 같아요."

---

* Pindar(B.C. 518~B.C. 446년경): 그리스 시인.

** J. M. William Turner(1775~1851): 영국의 화가. 풍경과 바다를 주로 그렸으며 특히 파리, 이탈리아 등을 여행한 뒤, 후기 작품은 빛과 공기의 작용을 포착하려는 데 주력했고, 어른거리는 색채를 많이 썼다.

그녀의 어조는 실로 독특했다. 대부분의 사람들처럼 말꼬리가 내려가지 않고 반대로 올라가서 마치 7도 화음의 의문문으로 맺어지는 것 같았다. 그녀는 항상 사람들에게 올려서 말을 했지 내려서 말하는 법이 없었다. 그 가락은 마치 어린애가 "아빠, 그렇지 않아요?"라고 할 때와 같이 들렸다. 이런 그녀의 어조에는 간청하는 듯한 무엇이 서려 있어서, 상대방으로서는 뭐라고 반대의 말을 하기가 퍽 어려웠다.

"워즈워스는 나도 좋아하는 시인입니다"라고 나는 입을 뗐다. "인간으로서의 그를 더 좋아하지요. 힘들이지 않고 오른 작은 언덕이 천신만고로 몽블랑을 올랐을 때보다 더 아름답고 풍요하며 생생한 전망을 보여줄 때가 있다고들 말합니다. 워즈워스의 시가 내게는 바로 이런 경우랍니다. 처음엔 이 시인이 너무 진부해 보였지요. 그래서 곧잘 그의 시를 읽다 도중에 그만두곤 했고, 어떤 연유로 이렇다 하는 오늘의 영국 지성들이 그를 그렇게 격찬하는지 이해할 수가 없었습니다.

그렇긴 해도, 어느 나라 언어를 쓰는 시인이든 자기의 국민이나 그 민족의 정신적 귀족층에게 인정받는 시인이라면 우리도 감상할 수는 있으리라는 확신은 가졌지요. 찬탄이란 우리가 배워야 할 기술입니다. 많은 독일인들은 라신*이 우리 마음에 안

---

* Jean Racine(1639~1699): 코르네유, 몰리에르에 이어 프랑스 고전 비극의 완성을 이룬 극작가. 독일 근대 연극을 정립한 레싱(1729~1781)은 프랑스 고전주

든다고 말합니다. 또 영국인들은 괴테를 이해할 수 없다고 말하며, 프랑스인들은 셰익스피어가 농사꾼이라고 말합니다. 이런 말들은 무엇을 뜻할까요? 그것은 어린애가 자기는 베토벤의 교향곡보다 왈츠곡이 더 좋다고 말하는 것과 다를 바 없습니다.

찬탄의 기술이란, 각기 민족이 자기 나라의 위대한 인물들에게서 찬탄하는 대상적 요소를 찾아내어 이해하는 일입니다. 그리고 무릇 아름다움을 추구하는 사람이라면, 페르시아인들도 그들의 하피스*를 착각하고 있지 않으며, 인도인들 역시 그들의 칼리다사**에 대해 틀린 기대를 품고 있는 게 아니라는 점을 발견하고 인정하게 될 겁니다. 위대한 인물이란 단숨에 이해되는 존재가 아니지요. 거기엔 정력과 용기와 끈기가 요구됩니다. 첫눈에 마음에 든 것이 오래 우리를 사로잡는 경우가 드물다는 것은 참 기이하지요."

"그렇기는 해도" 하고 그녀가 끼어들었다. "페르시아인이든 인도인이든, 기독교인이든 이교도든, 또는 로마인이든 게르만인이든 간에, 지상의 모든 위대한 시인, 참된 예술가, 영웅들한테는

의를 경멸하면서 영국의 셰익스피어를 이상으로 끌어들였다.

* Hafiz(1320?~1389): 페르시아의 시인 Shamsu'd din Muhammad. 자연의 아름다움, 특히 고향을 찬양하는 시를 주로 썼다. 18세기에 독역된 그의 시는 특히 괴테가《서동시집(西東詩集)》을 엮는 데 자극을 주었고, 뤼케르트는 그의 모작시를 발표했다.

** Kalidasa: 5세기경 인도의 최고 시인, 극작가. 특히 그의 희곡 Sakuntala는 18세기 말에 독일에 알려져 괴테, 노발리스 등 시인들에게 애독되었다.

공통된 점이 있답니다. 그것을 뭐라고 이름 붙여야 할지 모르겠지만, 아무튼 그것은 그들의 내면에 감추어진 무한한 것, 영원을 투시하는 눈, 하찮은 것과 무상한 것을 신화(神化)시키는 그런 것일 거예요. 위대한 이교도 시인인 괴테도 '하늘에서 내려오는 감미로운 평화'를 알고 있거든요.

산봉우리마다 깃든
고요,
미풍 한 점 없는
나뭇가지들.
숲 속 새들도 노래를 그쳤다.
기다리라. 그대 또한
곧 쉬게 되리니.*

이렇게 그가 노래할 때 높다란 전나무 위로 광대무변한 세계가, 지상이 줄 수 없는 안식이 펼쳐지는 것 같지 않아요? 워즈워스의 경우에는 이 같은 배경이 늘 자리잡고 있지요. 비웃는 이들이야 뭐라 하든 간에, 그것은 우리 눈에 보이지는 않지만, 인간의

---

* 괴테의 〈나그네의 밤노래(Wanderers Nachtlied)〉. 1780년 일메나우의 산지 오두막에 써놓았던 것이다.

마음을 끌고 감동시키는 초지상적인 무엇입니다. 미켈란젤로* 이상으로 지상의 그 아름다움을 잘 이해했던 사람이 또 어디 있겠어요?—그가 그럴 수 있었던 것은, 그에겐 지상의 아름다움이 곧 초지상적인 아름다움의 반영이었기 때문이랍니다. 그 사람의 소네트를 당신도 알지요."

소네트

아름다움이 나를 몰아 하늘을 향하게 한다.
(세상에 내 마음에 드는 것이 아름다움 말고 무엇이 있으리.)
그러면 나는 현존의 몸으로 영(靈)들의 전당으로 들어선다.
죽어야만 하는 인간에게 이 얼마나 드문 축복이랴!

작품 안에는 이렇듯 창조주가 자리하고 있어,
나는 작품의 영감을 받아 창조주를 향한 순례의 길을 떠난다.
아름다움에 취한 내 마음을 움직이는,
그 숱한 생각들을 형태로 만들기 위하여,

---

* Michelangelo Buonarroti(1475~1564): 르네상스 시대 이탈리아 조각가·화가·건축가·시인. 그가 쓴 소네트와 마드리갈은 주로 친구들과 사랑하던 여인 빅토리아에게 보낸 것. 그는 시작(詩作)을 취미로 여겼다. 주로 예술의 본질과 종교를 주제로 한 그의 시는 동시대인에게는 알려지지 않았고, 1863년에야 처음 책자로 간행되었다.

이렇듯 나는 알고 있다. 내 저 아름다운 눈에서 시선을 떼지 못함은,

신의 낙원으로 가는 길을 비추는 광채가

그 눈에 깃들어 있기 때문임을.

그 눈의 광채를 받아 나의 가슴이 타오르면

내 고귀한 불꽃 속에는

하늘을 다스리는 온화한 기쁨이 찬연히 반영된다.

그녀는 기진맥진하여 입을 다물었다. 이 침묵을 어찌 깰 수 있으랴! 서로의 생각들을 허심탄회하게 주고받은 후 흐뭇한 느낌으로 입을 다문 상태를 우리는 천사가 하늘을 날고 있다*고 표현한다. 과연 나는 평화와 사랑의 천사가 살그머니 날갯짓 하는 소리를 머리 위에서 들은 것 같았다. 또 내 시선이 그녀에게 머무는 동안, 그녀의 사랑스런 자태도 여름밤 어스름 빛 속에서 성스럽게 변용되는 느낌이 들었다. 다만 내 손에 잡혀 있는 그녀의 손만이 현실감을 주었다.

그때 그녀의 얼굴 위로 한 줄기 환한 빛이 비쳤다. 그녀도 빛을 느낀 듯 눈을 반짝 뜨더니 의아하다는 듯 나를 보았다. 반쯤

---

* 갑자기 이야기가 중단된다는 의미의 독일어 관용구.

감긴 속눈썹이 베일처럼 덮고 있는 그녀의 신비스런 안광이 번개처럼 번쩍했다. 나는 주변을 둘러보았다. 마침 만월이 두 언덕 사이로 성채를 마주 보며 찬연히 떠올라 호수와 온 마을을 다정한 웃음으로 비췄다. 그토록 아름다운 자연, 그토록 아름다운 그녀의 얼굴을 나는 일찍이 본 적이 없었다. 이토록 복된 평안이 내 마음에 흐른 적이 없었다.

"마리아" 하고 나는 입을 뗐다.

"이처럼 내 마음이 깨끗해진 순간에 있는 그대로 내 온 마음의 사랑을 고백하게 해주십시오. 우리가 초지상적인 것을 이처럼 가까이 절감하고 있는 지금, 우리를 다시는 갈라놓지 않도록 영혼의 약속을 맺읍시다. 사랑이 어떤 것이든 간에, 마리아, 나는 당신을 사랑합니다. 그리고 느끼고 있습니다. 마리아 당신은 나의 것이라는 것을. 왜냐하면 나는 당신의 것이기 때문입니다."

나는 그녀 앞에 무릎을 꿇고는 그녀의 눈을 쳐다볼 엄두를 못 냈다. 다만 내 입술이 그녀의 손에 살그머니 키스를 했다. 그러자 그녀는 처음에는 머뭇머뭇하더니 급기야 단호히 손을 뺐다. 눈을 들어 보니 그녀의 얼굴에 고통스러운 표정이 서려 있었다. 그녀는 한동안 침묵을 지키다가 마침내 깊은 한숨을 토해내며 몸을 일으키고는 입을 열었다.

"오늘은 이만 됐어요. 당신은 내 마음을 괴롭히셨어요. 그렇지만 그건 내 탓이지요. 창문을 닫아주세요. 낯선 손이 건드린 것처럼 소름이 끼치는군요. 내 곁에 있어주세요. 아니, 가셔야 해요. 안녕히 가세요. 편히 주무세요. 하느님의 평화가 우리와 함께 하기를 기도하세요. 우리 또 만나요, 네? 내일 저녁에—기다릴게요."

아, 천국과 같은 평안은 돌연 어디로 갔는가? 나는 그녀가 괴로워하는 모습을 보았다. 내가 할 수 있는 것이라고는 얼른 떠나는 길뿐이었다. 영국 부인이 불려왔고, 그리고 나는 어두운 마을길을 홀로 걸었다. 그러고도 한동안 호숫가를 서성거리며 조금 아까까지도 그녀와 같이 있던 불 켜진 창을 바라보았다. 마침내 창문의 마지막 불빛도 꺼졌다. 달은 점점 높이 솟아오르고, 그 선경(仙境) 같은 조명을 받아 모든 첨탑과 지붕밑 방의 창, 낡은 성벽의 장식들이 선명히 떠올랐다. 바로 그곳 밤의 정적 속에 나는 홀로 서 있었다. 머릿속 뇌수가 기능을 잃은 것 같았다. 아무런 생각도 떠오르지 않고, 다만 이 세상에는 나 혼자라는 것, 나를 상대해줄 누구도 없다는 것만 느끼고 있었다. 지구는 무슨 관처럼 보였고, 검은 하늘은 관을 덮는 보자기 같았다. 나 자신이 살아 있는지 죽었는지조차 알 수 없었다.

그러고 나서 나는 문득 별들을 보았다. 별들은 반짝거리는 눈을 뜨고 차분히 자기 궤도를 가고 있었다. 그러자 그 별들은 오직 인간을 비추고 위로해주려고 존재하는 듯 여겨졌다. 이어서, 예기치 않게 어두운 하늘에 뜬 별 두 개를 생각했다. 그러자 감사 기도가 내 마음에서 새어 나왔다. 나의 천사의 사랑에 대한 감사 기도였다.

마지막 회상

그녀와 나는 서로에게 속해 있는 것이다.
그 점을 나는 느끼고 있었다. 오빠와 누이처럼이든,
아버지와 자식처럼이든, 아니면 약혼한 남녀 사이든,
어쨌든 우리는 영원히 공존하는 관계였다. 문제는 우리가 더듬대는
말로 사랑이라고 부르는 그것의 올바른 이름을 찾아내는 일이었다.
세상은 이름 없는 것을 결국 인정하지 않으니까.

내가 잠에서 깨었을 때는 태양이 벌써 산마루에 떠올라 창을 통해 비쳐 들고 있었다. 저것이 바로 엊저녁 것과 같은 태양이란 말인가? 떠나가는 친구처럼 아쉬운 눈빛으로 우리의 영혼의 결합을 축복하듯 바라보고 나서 사라지는 희망처럼 침몰해간 그 태양이란 말이냐. 지금 태양은 우리의 즐거운 잔치를 축하하려고 방으로 뛰어드는 어린애처럼 나를 향해 빛을 쏟고 있지 않은가! 또한 나 자신 역시 불과 몇 시간 전만 해도 만신창이가 된 심신을 침대에 던졌던 그와 바로 같은 인물이란 말인가! 지금의 나는 예전의 생의 용기와 신에 대한 신뢰, 또 나 자신에 대한 신뢰를 회복하고 있고, 이 신념이 신선한 아침 공기처럼 생기와 활력을 불어넣고 있지 않은가!

만약 수면이 없다면 인간은 어떻게 되었을까? 밤마다 찾아오는 이 사자(使者)가 우리를 어디로 끌고 갈지 우리는 모른다. 밤마다 우리의 눈을 감기면서 그가 아침이면 우리 눈을 다시 뜨게 해주리라고—우리를 우리 자신에게 되돌려준다고 그 누가 보증할 수 있을까? 최초의 인간이 알 수 없는 친구에게 자신을 맡길 때는 실로 용기와 믿음이 필요했을 것이다. 우리의 천성에는 어딘가 속수무책인 구석이 있어서, 우리가 믿어야 한다고 생각되는 당연지사의 경우에는 어쩔 수 없이 믿으며 자신을 맡겨버린다. 만약 그렇지 않다면, 아무리 피로하다 해도 자발적으로 눈을 감고 이 알지 못할 꿈의 나라로 들어설 사람은 없을 것이다. 우리의 무력감과 피로감은 우리에게 더욱 높은 힘에 대한 신뢰감과 만물의 조화로운 질서에 기꺼이 귀의할 용기를 준다. 그리고 깨어서든 잠을 잘 때든, 비록 잠시나마 지상적인 우리의 자아에다 영원한 자아를 묶어놓고 있는 사슬을 풀어버릴 때, 우리는 생기와 활력이 되돌아옴을 느낀다.

어제, 도망치는 저녁 안개처럼 내 머리를 몽롱히 스쳐갔던 일들이 갑자기 생생히 떠올랐다. 그녀와 나는 서로에게 속해 있는 것이다. 그 점을 나는 느끼고 있었다. 오빠와 누이처럼이든, 아버지와 자식처럼이든, 아니면 약혼한 남녀 사이든, 어쨌든 우리는 영원히 공존하는 관계였다. 문제는 우리가 더듬대는 말로 사랑이라고 부르는 그것의 올바른 이름을 찾아내는 일이었다.

너의 오빠라도 좋고

너의 아버지라도 좋다. 아니, 너를 위해 세상 무엇이라도 되고 싶다.

바로 이 '무엇'에 대한 이름을 찾아내야만 했다. 세상은 이름 없는 것을 결국 인정하지 않으니까. 그녀는 모든 다른 사랑의 원천인 저 순수하고 전인적인 사랑으로 나를 사랑하고 있노라고 내게 말했었다. 그렇다면, 내 편에서 그녀에게 나의 혼신의 사랑을 고백했을 때, 왜 그녀가 놀라움과 언짢은 기색을 보였는지 아무래도 이해할 수가 없었다. 하지만 그런 그녀의 태도가 그녀의 사랑에 대한 나의 마음을 흔들어놓을 수는 없었다.

어차피 우리 자신의 마음속이 불가사의한 것투성이인데, 왜 인간의 영혼 안에서 벌어지는 것을 모조리 알려고 하는가? 자연에서든, 사람의 속마음에서든, 자신의 가슴속에서든, 우리를 가장 매료시키는 것은 해명할 수 없는 것들 천지가 아닌가. 우리에게 이해되는 인간, 해부용 표본처럼 우리 눈에 보이는 태엽을 지닌 인간들 앞에서는 수많은 소설에 나오는 주인공의 경우처럼 우리는 냉담하게 된다. 만사를 해명하려 들면서 내면의 기적을 일체 부인하는 윤리적 합리주의자들이야말로 생명과 인간에 대한 우리의 기쁨을 망치는 자들이다. 어느 존재 안에나 운명이니 영감이니 성격이니 하고 이름 붙일 수 있는 풀어지지 않는 요소가 있는 법이다. 이처럼 영원히 남는 요소를 인정치 않고, 인간의 행동거지를 분석할 수 있다고 믿는 자들이야말로 저 자신은 물론 인간을 모르는 위인들이다. 이렇게 해서 나는 엊저녁에 절망했던 모든 것에 대해 알기를 깨끗이 체념했다. 그러자 이제 내 미래의 하늘은 구름 한 점 없이 맑을 것만 같은 기분이었다.

그런 기분으로 답답한 집을 빠져나와 밖으로 나서는데, 한 심부름꾼이 편지를 한 통 전했다. 후작 따님에게서 온 것임을 그 차분한 달필에서 금방 알아볼 수 있었다. 나는 숨 쉴 틈도 없이 편지를 뜯었다. 인간이 바랄 수 있는 최대의 아름다운 사연을 기대하면서. 그러나 내 모든 기대는 산산이 부서졌다. 편지에는, 수도에서 손님이 오니 오늘은 찾아오지 말아달라는 부탁만이 씌어 있었다. 한마디 다정한 말도, 자신의 상태에 대한 소식도 없이! 다만 편지 끝에 '내일은 궁중 고문관이신 의사 선생님께서 오십니다. 그러니까 모레까지 안녕'이라는 추신이 붙어 있었다.

이렇듯 느닷없이 인생의 노트에서 이틀이 찢겨져나갔다. 아, 차라리 아주 뜯겨져나간 것이라면 좋으련만. 그런데 그것이 아니었다. 그 이틀은 감옥의 함석 지붕처럼 내 머리 위에 걸려 있었다. 이 시간 역시 살아내지 않으면 안 되었다. 이 이틀을 무슨 적선처럼, 옥좌를 차지하고 있는 날을, 아니면 사원 입구 댓돌 위에 앉아 있을 날을 기꺼이 이틀쯤 연장하고 싶어 할 왕이나 거지에게 희사할 수도 없지 않은가! 나는 한동안 망연하니 앞을 바라보다가 언뜻 내가 했던 아침 기도를 상기했다. 절망보다 더한 불신은 없으며, 생의 아무리 크거나 작은 일이라도 모두 신의 위대한 계획의 일부다. 그러니 아무리 힘이 들더라도 우리는 그것에 순종해야 한다고 나는 자신에게 말하지 않았던가.

눈앞에 낭떠러지를 본 기사처럼 나는 고삐를 힘껏 뒤로 잡아당겼다. 그러고는 '그래야 한다면, 그래야겠지!'라고 속으로 외쳤다. 어쨌든 하느님이 만드신 이 땅은 불평과 비탄을 하는 장소가 아니다. 그녀가 손수 적은 몇 자의 흔적을 손에 쥔 것만으로도 행복한 일이 아니냐? 곧 그녀를 만나게 된다는 희망이야말로 지금껏 내가 누렸던 그 어느 행복보다 큰 것이 아니겠느냐?

머리를 항상 물 위에다 내어놓아라!—인생을 헤엄쳐가는 모든 수영 선수는 그렇게 말한다. 그것이 여의치 않으면 끊임없이 눈과 목구멍에 물을 집어넣느니, 차라리 불쑥 잠수를 하는 게 낫다! 생활 속 잡다한 사고를 당할 때마다 줄곧 신의 섭리를 생각하기란 힘이 드는 일이다. 또 투쟁이 닥칠 때마다 범속한 일상에서 빠져나와 신이 계신 곳으로 다가간다는 것은 주저되는 일이며, 아마 그 주저함은 당연한 일일 것이다. 그럴 때 삶은 우리에게 의무는 못 될망정 예술로라도 보여야 되지 않을까. 이를테면 괴롭거나 손해를 볼 때마다 원망해대는 망나니 아이처럼 꼴불견이 어디 있을까? 그보다는 눈물이 고인 눈에 어느새 기쁨과 천진의 빛이 반짝이는 아이의 모습이 훨씬 아름답지 않으냐. 봄비를 맞아 떨고 있다가도 햇볕이 뺨의 눈물을 말려주는 새에 어느덧 다시 꽃피어 향기를 발하는 꽃송이처럼.

이 같은 운명인데도, 이 이틀을 그녀와 더불어 살 수 있을 듯한 훌륭한 생각이 곧 떠올랐다. 벌써부터 나는 그녀가 내게 했던 사랑스러운 말들, 흉금을 트고 펴 보인 갖가지 훌륭한 생각들을 기록해놓고 싶어 했었다. 그래서 이 이틀은 우리가 공유했던 아름다운 시간에 대한 회상과 한결 더 아름다운 앞날에 대한 희망 속에서 흘러갔다. 수기를 쓰며 나는 그녀 곁에 갔고, 그녀와 함께 있었으며, 그녀 안에서 살았다. 그러면서 그녀의 손을 직접 잡고 있었을 때보다는 더 가까이 그녀의 사랑과 정신을 느꼈다.

이 수기들은 지금에 와서 얼마나 소중한 것인가. 얼마나 여러 번 이것을 읽고 또 읽었던가. 그렇다고 내가 그녀가 한 말을 한 마디라도 잊었을 수도 있었다는 얘기는 아니다. 그러나 이 흔적은 나의 행복의 증인이다. 이 안에는 침묵으로 웅변 이상을 말해주는 친구의 눈길 같은 무엇이 감추어져 나를 보고 있다.

흘러간 행복의 기억, 흘러간 고뇌의 기억, 아득한 과거로의 소리 없는 침잠—이 앞에서는 우리를 에워싸고 묶고 있는 일체의 것이 물러가버린다. 우리는 이미 오래전에 지하에 잠든 자식의 풀 덮인 무덤 위로 쓰러지는 어머니처럼 이를 향해 몸을 던진다. 어떤 희망이나 소망도 이 가없는 고요한 침잠을 막지는 못하리라. 이를 우리는 아마 우수라고 부를 것이다. 그러나 이 우수에는 하나의 행복이 깃들어 있다. 이 우수를 아는 이는 오로지 뼈저리게 사랑하고 고뇌해본 자들뿐이리라.

—지난날 자신이 신부였을 때 썼던 면사포를 딸의 머리에 둘러주면서 죽은 남편을 생각하는 어머니에게 지금 무엇을 느끼느냐고 물어보라. 죽음이 갈라놓은 사랑하는 소녀에게서 그녀가 죽은 뒤 소년 때에 자기가 그녀에게 보냈던 마른 장미꽃을 받아든 남자에게 지금 무엇을 느끼느냐고 물어보라. 그들은 둘 다 눈물을 흘릴 것이다. 그러나 그 눈물은 고통의 눈물이 아니며, 기쁨의 눈물은 더욱 아니다. 그것은 인간이 신에게 바치는 제물로서의 눈물이다. 그들은 신의 사랑과 지혜를 믿으면서 자신의 가장 소중한 것이 고요히 사라져가는 것을 바라본다.

그러나 이제 회상으로 되돌아가자. 지난날의 생생한 현존으로!

이틀은 순식간에 지나갔다. 행복한 재회의 순간이 다가올수록 나는 온몸을 떨었다. 첫날에 나는 수도에서 마차와 기사들이 도착한 것을 보았다. 성은 잡다한 손님들로 북적댔다. 깃발들이 지붕 위에 펄럭이고 성의 뜰에선 음악이 울렸다. 저녁이 되자 호수는 즐거운 곤돌라로 활기를 띠었고, 남자들 노랫소리가 물결 너머로 들려왔다. 나는 귀를 기울여 들었다. 왜냐하면 그녀 역시 창을 통해 그 노래에 귀를 모으리라 생각했기 때문이다.

둘째 날에도 여전히 북적대다가 오후가 되어서야 손님들은 떠날 채비를 했다. 그리고 저녁 늦게 나는 궁중 고문관의 마차마저 혼자 시내를 향해 떠나는 모습을 보았다.

그러자 더는 참을 수가 없었다. 그녀가 혼자 있다는 것을, 그녀도 나를 생각하며 내가 오기를 원한다는 것을 알고 있는데, 악수조차 한 번 않고 이별을 견디었노라고, 내일 아침은 우리를 깨워 새로운 행복으로 안내할 것이라고 그녀에게 말을 하지 않은 채 또 하룻밤을 흘려보내야 한단 말인가! 그녀의 창문에 불이 켜진 것이 보였다. 왜 그녀는 혼자 있어야 하는가? 왜 나는 한순간이라도 그녀의 존재를 느껴서는 안 되는가? 어느 틈에 나는 성에 다가서 있었다. 그리고 초인종을 잡아당기려는 순간 문득 멈춰 서며 스스로에게 말했다. 아니야! 약하게 굴지 마! 밤도둑처럼 부끄럽게 그녀 앞에 설 테냐? 내일 아침 일찍, 전장에서 돌아오는 장군처럼 당당하게 그녀 앞에 서는 거다. 지금 그녀는 그 장군의 머리에 씌워줄 사랑의 관을 엮고 있을 거다.

아침이 왔고, 나는 그녀에게 갔다—실재로 그녀에게 갔다.

오, 육체 없이도 정신이 존재할 수 있다는 듯이 정신을 들먹이지 마라! 완전한 현존, 완전한 의식, 완전한 기쁨이란 오로지 정신과 육체가 하나인 곳에만 있을 수 있다. 육화된 정신, 영화된 육체로만. 육체 없는 정신이란 존재하지 않는다. 그렇다면 그건 한낱 유령일 뿐. 정신 없는 육체란 존재하지 않는다. 그렇다면 그건 한낱 시체일 뿐. 들판에 핀 꽃이라고 정신을 갖지 않을까? 그 꽃은 그 생명과 현존을 부여하고 지켜주시는 신의 뜻, 곧 창조주의 생각으로부터 내다보고 있지 않은가? 그것이 곧 꽃의 정신이다. 다만, 그 정신이 인간의 경우에는 언어로 나타나는 반면, 꽃의 경우에는 침묵할 뿐. 실재하는 삶이란 어디에서든 육체적, 정신적 삶이요, 실재하는 향유란 어디에서든 육체적, 정신적 향유다. 또한 실재하는 만남이란 어디에서든 육체적, 정신적 만남이다.

그녀 앞에 서서 실재로 그녀 곁에 있게 되자, 그토록 행복하게 지냈던 이틀간의 회상의 세계가 한낱 그림자처럼, 무(無)처럼 사라져버렸다. 그녀의 이마, 눈, 뺨을 손으로 감촉해보며 그녀가 실재함을 확인해보고 싶었다. 밤낮으로 내 앞에 어른거리는 심상이 아니라 엄연한 존재임을. 나의 소유는 아니지만 당연히 나의 것이어야 하며, 나의 것이고자 원하는 존재임을. 내가 나 자신처럼 믿을 수 있는 존재, 나와 동떨어져 있지만 나 자신보다 더 가까운 존재, 그것이 없으면 나의 생명은 이미 생명이 아니며 나의 죽음조차 이미 죽음이 아닌 존재, 그것이 없으면 내 가엾은 현존이 한숨처럼 허공으로 사라지고 말 그 존재를—확인하고 싶었다.

나의 이 같은 생각과 시선이 그녀에게 쏟아 부어지자, 그 순간이 내 생의 축복으로 충일됨이 느껴졌다. 전신에 한 줄기 전율이 흘렀다. 죽음을 머리에 떠올렸지만, 이미 죽음에는 아무 공포

심도 내포되어 있지 않았다. 왜냐하면 이 사랑은 죽음으로 파괴될 수 없을뿐더러, 오히려 죽음을 통해 정화되고 승화되어 불멸의 것으로 화할 것이기 때문이다.

그녀와 더불어 침묵하는 시간은 실로 아름다운 시간이었다. 영혼의 깊이를 그대로 내비친 그녀의 얼굴—쳐다보는 것만으로도 나는 그녀의 내면 깊이 감추어져 생동하는 모든 것을 듣고 보았다. "당신 때문에 마음이 괴로워요"라고 그녀는 말하고 싶으면서도 그 소리를 입 밖에 내려 하지는 않았다.

'드디어 또 만났지요? 그냥 가만히 계세요! 불평하지 말아요! 원망도 하지 마세요! 반가워요! 나한테 화내지 말아요!'

이 모든 말이 그녀의 눈에서 배어 나왔다. 그렇게 한동안 우리는 이 행복한 평화를 감히 입을 열어 깰 엄두를 못 냈다.

"의사 선생님한테서 편지 못 받으셨나요?"

이 질문이 그녀가 한 첫마디였다. 한마디씩 말을 이을 때마다 음성이 떨려 나왔다.

"아니오"라고 나는 대답했다.

그녀는 한참 입을 다물고 있다가 말했다.

"그렇게 된 것이 차라리 잘된 일인지 몰라요. 내 입으로 직접 모두 말하는 편이. 친구여, 우리는 오늘로 마지막 만나는 거예요. 우리 편안한 마음으로 작별하도록 해요. 불평이나 분노 같은 것 없이. 내가 너무 많은 죄를 지었다고 느끼고 있어요. 가벼운 미풍이라도 흔히 꽃잎을 떨어뜨린다는 생각을 미처 못하고는, 내가 너무 당신의 생에 깊이 들어간 거예요. 나는 세상을 너무 모르거든요. 나처럼 병든 가엾은 인간이 당신한테 동정 이상의 감정을 불러일으키리라고는 생각지도 않았어요.

나는 당신에게 다정하고 솔직하게 대했지요. 왜냐하면 당신을 그토록 오래 알고 지냈고, 또 당신 곁에 있으면 아주 편안했으니까요. 왜 이런 말까지 내가 모조리 하는지 모르겠군요. 그리고 당신을 사랑했으니까요. 그렇지만 세상은 이 사랑을 이해하지 못하고 용납하지도 않아요. 의사 선생님께서 내게 눈을 뜨게 해주셨지요. 저 수도에서는 온통 우리들에 대해 공론이 자자하답니다. 영주인 내 동생이 후작님께 편지를 올렸고, 후작께서는 내게 당신을 다시는 만나지 말라고 요구하셨어요. 나를 용서한다고 말해주세요. 그리고 우리 친구로서 헤어지는 거예요."

그녀의 눈에 눈물이 가득 고였다. 그녀는 그것을 감추려고 눈을 감았다.

"마리아, 내게는 하나의 생명이 있을 뿐입니다. 그것은 당신과 묶여 있습니다. 그리고 또 단 하나의 뜻이 있을 뿐입니다. 그것은 바로 당신의 뜻이기도 하지요. 그래요. 나는 혼신을 다해 당신을 사랑하고 있음을 고백합니다. 그렇지만 내가 당신한테는 자격 없는 상대라는 것도 알고 있습니다. 당신은 신분으로 보나 품위로 보나 순결한 면에서나 나보다 훨씬 높은 곳에 있습니다.

당신을 나의 아내라고 부른다는 생각은 감히 할 수도 없지요. 그렇지만 우리가 세상을 함께 걸어갈 수 있는 그 밖의 다른 길은 없습니다.

마리아, 당신은 전적으로 자유입니다. 나는 그런 희생을 요구하지 않겠습니다. 세평의 힘은 크지요. 그러나 당신의 뜻이 진정 그렇다면 우리 다시는 만나지 맙시다. 그렇지만 당신이 나를 사랑하고, 내게 속해 있음을 느낀다면—오, 그렇다면 세상 사람들이랑 그들의 차가운 비평은 잊어버립시다. 당신을 팔에 안고 성찬대 앞으로 걸어가겠습니다. 그리고 무릎을 꿇고 살아서나 죽어서나 당신의 것이 되겠다고 맹세하겠습니다."

"친구여, 우리는 불가능한 것을 바라서는 안 됩니다. 우리가 이승에서 그렇게 결합하는 것이 신의 뜻이었다면, 신께서 왜 내게 이런 병고를 주시어 한낱 하릴없는 어린애 노릇밖에 못하게 하셨겠습니까? 우리가 삶에서 운명이니 상황이니 사정이니 하고 부르는 것들은 알고 나면 섭리라는 점을 잊지 마세요. 그것을 거역하는 것은 곧 신을 거역하는 것입니다. 그건 어리석은 짓은 아닐지 몰라도, 불경스럽다고 할 수 있을 거예요.

인간들은 이 지상에서 하늘의 별처럼 떠돌아다닙니다. 신은 별들에게 궤도를 그려주셨지요. 그 궤도 위에서 별들은 만나고, 헤어져야 할 운명이면 헤어져야 하는 겁니다. 거역한다 한들 소용없어요. 아니면, 그 거역이 온 세계 질서를 파괴하게 될 겁니다. 우리는 그 뜻을 이해할 수는 없지만 믿을 수는 있습니다. 하긴 당신에 대한 나의 애정이 왜 옳지 않은 것인지를 나도 알 수 없어요. 아니, 그것이 옳지 않다고 말할 수도 없고, 그렇게 말하고 싶지도 않아요. 그렇지만 그럴 수는 없는 일이고, 그래서는 안 되는 겁니다. 친구여, 얘기를 다 했어요. 우리는 겸허하게 믿으며 순리에 우리를 맡겨야 해요."

차분하게 말을 이어갔지만, 그녀가 얼마나 깊이 괴로워하는지를 나는 알 수 있었다. 그렇기는 해도, 삶과의 투쟁을 그토록 쉽게 포기하는 것이 내게는 부당하게 여겨졌다. 그래서 격정적인 말로 그녀의 고통을 더해주지 않으려고 한껏 나 자신을 다스리며 말했다.

"지금이 우리가 이 세상에서 만나는 마지막 기회라면, 이 같은 희생이 누구를 위한 것인지 분명히 짚어가도록 해봅시다. 만약 우리 사랑이 어떤 높은 법칙을 어긴 것이라면 나도 당신처럼 겸허하게 숙이고 들어가겠습니다. 더 높은 뜻에 거역한다는 것은 신을 저버리는 일일 테니까요. 인간은 때로는 신을 속일 수도, 그 작은 꾀로 신의 예지를 이겨낼 수도 있을 듯이 보입니다. 그러나 그건 망상이지요. 이 같은 거인과의 싸움을 시작한 인간은 멸망하게 마련입니다.

그렇지만 우리의 사랑에 맞서고 있는 것이 대체 무엇입니까? 항간의 소문이라는 것뿐입니다. 나는 인간 사회의 법칙을 존중합니다. 지금 우리가 사는 시대처럼 법칙이라는 것이 그럴싸하게 변조되고 엉클어졌을망정 무릇 법칙이라는 것을 존중합니다. 병자에겐 쓴 약이 필요하지요. 마찬가지로, 우리가 경시하는 사회의 편견이나 체면, 분수 같은 것이 없다면, 오늘날 인류를 공존시키는 지상에서의 공동 생활이라는 목표도 이룩할 수 없을 겁니다.

우리는 이러한 우상들한테 많은 제물을 바쳐야 하지요. 아테네 시민들이 그랬던 것처럼 우리는 해마다 젊은 남녀들을 한 배 가득 실어 우리 사회의 미궁을 지배하는 저 괴물한테 공물로 보내는 겁니다.*

세상에 상처를 입지 않은 심장은 하나도 없지요. 참된 감정을 지닌 사람치고 사회라는 새장 속에 편안히 들어가기 전에 자신의 날개를 꺾이지 않은 자는 한 사람도 없습니다. 이것은 어쩔 도리가 없는 필연입니다. 당신은 세상을 잘 모르겠지만, 내 친구의 경우만 생각해도 여러 권 비극을 묶어 들려드릴 수 있을 겁니다.

한 친구가 어떤 소녀와 서로 사랑을 했습니다. 그런데 그 친구는 가난했고, 여자 쪽은 부자였지요. 양가의 부모와 친척들은 서로 모멸하며 싸움질을 했고, 결국 두 남녀의 심장은 상처를 입

---

* 크레타 섬이 그리스의 해상권을 지배하던 무렵, 아테네 역시 그 위력에 굴복한 적이 있다. 아테네는 강화 조건으로 아테네의 젊은 처녀 총각들을 9년에 한 번 크레타 측에 바치기로 했는데, 그들은 '미궁' 속에 갇혀 사는 괴물 미노타우로스의 먹이로 제공되었다고 한다.

었지요. 왜? 중국의 누에고치가 뽑은 명주옷을 못 입고 미국산 목면 옷을 입은 부인은 불행하다고 생각하는 세인들 탓이었습니다.

또 한 친구도 어떤 소녀와 서로 사랑을 했습니다. 그렇지만 그 친구는 신교도였고 여자 쪽은 가톨릭이었지요. 양쪽 어머니들과 사제들이 불화를 일으켜 결국 두 남녀의 심장은 상처를 입었습니다. 왜? 3백 년 전에 카를 5세와 프랑시스 1세, 헨리 8세* 가 벌인 정치적 장기 놀음 때문이었지요.

세 번째 친구도 한 소녀와 서로 사랑을 했습니다. 그렇지만 그 친구는 귀족이고 여자 쪽은 평민이었지요. 양가의 자매들이 거품을 물고 반대를 하는 통에 두 남녀의 심장은 상처를 입고 말았습니다. 왜? 왜냐하면, 1백 년 전에 어느 전쟁터에서 한 병사가 왕의 생명을 위협하는 적군 군사를 죽인 까닭이었지요. 덕분에 그 병사는 귀족 칭호와 훈장을 받았습니다. 그런데 그 옛날 피를 흘리게 한 대가를 오늘날 그의 증손인 그 친구가 망쳐진 인생으로 치른 거랍니다.

---

* 카를 5세는 루터를 박해한 신성로마제국 황제이며, 프랑시스 1세는 칼뱅을 이단으로 몬 프랑스의 왕이다. 헨리 8세는 수장령을 공포하여 성공회를 수립한 영국 왕으로, 루터파의 영국 침투를 경계하는 한편 로마 가톨릭에서도 분리해 나온 주역이었다. 그의 종교개혁의 의도는 왕권 강화와 수도원 재산 활용에 있었다.

통계학자들은, 매시간 한 사람의 심장이 찢어지고 있다고 합니다. 나는 그 말을 믿습니다. 그렇지만 왜? 세상 어디에서나 타인 간의 사랑은 인정하지 않기 때문이랍니다. 하물며 남녀 간의 사랑은 말할 것도 없고요. 두 여자가 한 남자를 사랑하는 경우, 한쪽 여인은 희생될 수밖에 없습니다. 또 두 남자가 한 여자를 사랑하는 경우 한쪽, 아니면 두 남자 다 희생이 됩니다. 왜? 대체 결혼을 염두에 두지 않고는 여자를 사랑할 수 없는 걸까요? 자기 것으로 만들겠다고 게걸스럽게 탐하지 않고는 여자를 쳐다볼 수도 없는 걸까요?

당신은 눈을 감아버리는군요. 내가 너무 지나치게 말을 한 모양이군요. 어쨌든 세상이 인생의 가장 성스러운 것을 가장 천박한 것으로 만들어버린 겁니다. 하지만 마리아! 그러지 말아요. 우리가 어쩔 수 없이 세상 안에 살며 세인들과 더불어 말을 하고 상대를 하려면 세인들의 언어를 쓸 수밖에 없지요.

그렇지만 저 소란스런 바깥세상에는 괘념하지 말고, 두 마음이 순수한 마음의 언어를 쓸 수 있는 우리만의 성전을 지킵시다. 세상 편에서도 이 같은 은둔 상태를—자신들이 옳다는 것을 의식하며 저속한 세태의 흐름에 맞서는 이 같은 숭고한 마음들의 용기 있는 항거를 존중한답니다.

세인들이 말하는 사려(思慮)라든가 온당함, 선입견 같은 것은 담쟁이덩굴과 같은 것이지요. 초록색 담쟁이덩굴이 줄기와 뿌리를 무수히 뻗어 견고한 성벽을 장식하는 것은 보기에 아름답습니다. 그렇지만 그것들을 너무 무성하게 버려두어서는 안 돼요. 그러면 그것은 우리 마음 구조 틈서리마다 뻗어 들어가, 안에서 우리를 응집시키는 시멘트를 파괴할 테니까요.

마리아, 내 것이 되어주십시오. 당신 심장의 소리에 따르십시오. 이제 당신의 입술에 올려질 말은 당신과 나의 삶을, 당신과 나의 행복을 영원히 결정할 겁니다."

나는 입을 다물었다. 내 손 안에 잡힌 그녀의 손이 뜨거운 마음의 악수에 응답하고 있었다. 그녀의 마음 안에서는 파도가 일고 폭풍이 치고 있었다. 층층이 쌓인 구름이 그 폭풍에 의해 걷히며 내 앞에 펼쳐지는 푸른 하늘은 지금 더할 수 없이 아름다워 보였다.

"왜 당신은 나를 사랑하나요?"

그녀는 결정의 순간을 마냥 미루려는 듯 나직한 소리로 물었다.

"왜라니요? 마리아! 어린애한테 왜 태어났느냐고 물어보십시오. 꽃한테 왜 피었느냐고, 태양에게 왜 비추느냐고 물어보십시오. 나는 당신을 사랑하도록 되어 있기 때문에 사랑하는 겁니다. 이 대답이 미흡하다면, 당신 옆에 놓인, 당신이 그토록 애독하는 책으로 대답을 대신하지요."

가장 선한 것은 가장 사랑하는 것일 수밖에 없으니, 이 사랑에는 유용이나 무용, 이익이나 손해, 소득이나 상실, 명예나 불명예, 칭찬이나 비난, 그 밖의 이런 유의 것을 결코 염두에 두어서는 안 되느니라. 그보다는 진실로 가장 고귀하고 가장 선한 것은 그것이 오로지 고귀하고 선하다는 것 때문에 가장 사랑하는 것이 되어야 할지니라. 모름지기 인간은 외형으로부터나, 내면으로부터 그것을 향해 살도록 자신을 맞추어야 하느니라. 다시 말해 외형으로부터라 함은, 무릇 피조물 가운데에는 어떤 것이 다른 것보다 더 선한 것으로 존재함을 이름이니, 곧 영원한 선이 어떤 것 안에서는 다른 것 안에서보다 더 많거나 더 적게 빛을 발함을 말하는 것이니라. 따라서 영원한 선이 가장 크게 빛을 발하여 반짝이며 작용하여 알려져서 사랑을 받는 존재야말로 피조물 중에 가장 선한 것이며, 그 같은 작용이 가장 적은 존재가 어쩔 수 없이 가장 미천한 것인 셈이니라. 이렇듯 인간은 피조물을 상대하고 교제하면서 이 차이를 인정하기 때문에, 그에게는 항상 가장 선한 피조물이 가장 사랑스러운 것이며, 애를 써서 그것에 접하도록 하여 그것과 하나가 되어야 하느니라.

마리아, 당신은 내가 알고 있는 최선의 피조물입니다. 그래서 나는 당신에게 기울고, 그래서 당신을 사랑합니다. 그래서 우리

는 서로 사랑하는 겁니다. 당신 안에 살아 있는 말을 그대로 하십시오. 당신은 나의 것이라고. 당신의 가장 깊은 감정을 부인하지 마십시오.

신은 당신에게 고통스러운 삶을 주셨지만 그 고통을 당신과 나누도록 나를 당신에게 보내신 겁니다. 당신의 고통은 곧 나의 고통이어야 합니다. 한 척의 배가 무거운 돛들을 감당하듯이, 우리는 그 고통을 같이 짊어져야 합니다. 그러면 고통이라는 돛이 인생의 폭풍을 헤치고 마침내 안전한 항구로 안내해줄 겁니다."

그녀의 마음속은 차츰 잔잔해졌다. 소리 없는 저녁노을처럼 그녀 뺨에 홍조가 떠올랐다. 그리고 그녀는 눈을 반짝 떴다. 태양이 신비스러운 빛을 발하며 다시 한번 뜬 것이었다.

"나는 당신 것이에요"라고 그녀는 말했다.

"그것이 신의 뜻입니다. 이대로의 나를 받아주세요. 살아 있는 한, 나는 당신 것입니다. 하느님께서 우리를 더 아름다운 삶 안에서 다시 하나가 되게 하시고 당신의 사랑을 보답해주시기를 바랍니다."

우리는 가슴과 가슴을 맞대었다. 나의 입술은 지금 막 내 생의 축원을 읊은 그녀의 입술을 부드러운 키스로 덮었다. 시간은 우리를 위해 정지해 있었고, 주변 세계도 사라져버렸다. 그때 그녀의 가슴에서 깊은 한숨이 새어 나왔다.

"아, 하느님, 나의 이 축복을 용납해주소서"라고 그녀는 소곤

거렸다.

“이제 혼자 있게 해주세요. 더는 견딜 수가 없어요. 또 만나요. 나의 친구, 나의 사랑, 나의 구세주여!”

이것이 내가 그녀에게서 들은 마지막 말이었다. 아니, 그렇지는 않았다. 나는 집으로 돌아와 가슴 조이는 꿈을 꾸며 잠을 잤다. 자정이 지났는데 의사가 내 방으로 들어섰다. 그리고 “우리의 천사는 천국으로 갔다네”라고 말했다. “이것이 그녀가 자네한테 보낸 마지막 인사일세”라고 하면서 그는 편지 한 통을 건네주었다. 편지 속에는 그 옛날 그녀가 내게 주었고, 내가 그녀에게 주었던 ‘신의 뜻대로’라는 말이 새겨진 반지가 들어 있었다. 반지는 아주 오래된 종이에 싸여 있었는데, 거기에는 이미 오래전에 써놓은 그녀의 필적이 있었다. 어릴 적에 내가 그녀한테 했던 말이었다.

“당신의 것은 나의 것입니다. 당신의 마리아.”

한참 동안 의사와 나는 한마디 말도 없이 같이 앉아 있었다. 그것은 우리가 짊어지기에 너무나 엄청난 고통의 짐이 닥칠 때 하늘이 보내는 일종의 정신적 기절 상태였을 것이다. 이윽고 의사는 일어서며 내 손을 잡고 말했다.

“우리가 만나는 것도 오늘로 마지막일 걸세. 자네는 여기를 떠나야 하고, 나야 살날이 얼마 안 남았으니. 다만 자네한테 꼭 말할 것이 한 가지 있네—한평생 가슴속에 품고 아무한테도 털어놓지 않은 비밀일세. 그것을 한 사람한테는 고백하고 싶다네. 잘 들어주게. 우리를 떠나간 그 영혼은 참으로 아름다운 영혼이었지. 놀랍게 순결한 정신, 깊고 진실된 마음의 소유자였지. 나는 마리아와 같은 영혼을 또 한 사람 알았었네—아니, 한결 더 아름다운 영혼이었지!

그 사람은 마리아의 어머니였다네. 나는 마리아의 어머니를 사랑했고, 그녀도 나를 사랑했지. 그런데 우린 둘 다 가난했네. 나는 우리 둘을 위해 세상에서 말하는 존경할 만한 위치를 얻으려고 노심초사했네. 그때 젊은 후작이 내 약혼녀를 보고 사랑에 빠졌네. 그 후작은 바로 내가 모시던 제후였지. 그분은 내 약혼녀를 진심으로 사랑했기 때문에 그녀를 위해서라면 어떤 희생이라도 치르고, 가엾은 고아에 불과한 그녀를 후작 부인으로 맞을 결심이었다네. 나는 그녀를 진심으로 사랑한 나머지 내 행복, 그녀를 향한 내 사랑을 희생하기로 작정했네. 그래서 고향을 떠났고, 그녀에겐 약혼을 취소하자고 편지를 썼지. 그 후 나는 그녀를 끝내 못 만나다가 결국 그녀의 임종에 가서야 다시 만났다네. 그녀는 첫딸을 분만하다 죽고 만 걸세.

이제 자네도 알았을 걸세. 왜 내가 자네의 마리아를 사랑했고, 그녀의 삶을 하루라도 연장시키려고 부심했는지를. 그녀는 내 마음을 이생에 묶어놓고 있는 유일한 존재였다네. 내가 젊어졌던 것처럼 자네도 삶을 젊어지게. 헛된 슬픔에 사로잡혀 하루라도 잃는 일이 있어서는 안 되네. 자네가 아는 인간들을 도와주게나. 그들을 사랑하면서, 한때 이 세상에서 마리아 같은 성품의 인간을 만나 알고 지냈으며 사랑했던 사실을 신에게 감사하게. 또 그녀를 잃은 것까지도."

"신의 뜻대로 하겠습니다"라고 나는 말했고, 우리는 그렇게 영 이별을 했다.

그 후 며칠이 지나고 몇 주일, 몇 달, 그리고 몇 년이 흘렀다. 그러는 새에 내게 고향은 타향이 되었고, 타향이 고향이 되었다. 그러나 그녀에 대한 나의 사랑은 아직도 남아 있다. 눈물 한 방울이 대양에 합류하듯이 그녀에 대한 사랑은 이제 살아 있는 인류의 대양 속에 합류하며, 몇백만—어린 시절부터 내가 사랑했던 몇백만 '타인들'의 마음에 스며들어 그들을 포옹하고 있다.

다만 오늘처럼 고요한 여름날, 홀로 푸른 숲 속에서 자연의 품에 안겨 저 바깥에 인간들이 있는지, 아니면 이 세상에 오로지 나 혼자 외톨이로 살고 있는지 알 수 없는 상태에 이르면, 기억의 묘지에서는 소생의 바람이 일기 시작한다. 죽어버린 생각들이 되살아나고, 엄청난 사랑의 힘이 마음속으로 되돌아와, 지금까지도 그윽하고 바닥을 알 수 없는 눈으로 나를 바라보는 저 아름다운 존재를 향해 흘러간다. 그러면 몇백만을 향한 사랑이 이 사랑 안으로—나의 수호천사를 향한 이 사랑 안으로 수렴되는 것만 같다. 그리고 이 모든 생각들은 이 끝도 없는 사랑의 불가사의한 수수께끼 앞에서 입을 다물고 만다.

작품 해설

《독일인의 사랑》과의 재회

내가 《독일인의 사랑》을 처음 읽은 것은 고교 시절이었다. 아마 이 책을 처음 한글판으로 소개한 이덕형 선생님의 번역이었을 것이다.

요즘 같은 입시 지옥에 살지 않은 덕분이었을 테지만, 그리고 무엇보다 요즘처럼 자고 나면 책들이 한 보따리씩 쏟아져 나오지 못하던 시절이라서 그렇겠지만, 그 당시 우리는 새 책이 한 권 나올 때마다 가뭄에 빗방울을 만난 듯 책방으로 달려가곤 했다. 그 빈곤 속에서 누렸던 풍요를 생각하면 지금도 가슴이 뛴다. 그 시절에 만난 책 가운데 하나가 《독일인의 사랑》이었다.

"언제고 나도 독일어를 잘할 수 있다면 원문으로 읽어봐야지. 이런 책을 내 힘으로 우리말로 옮길 수 있다면 얼마나 좋을까?"

막연히 소녀다운 꿈을 꾸었던 기억도 난다. 이는 물론 당시 읽었던 번역 책자에 불만이 있었다는 얘기는 아니다. 그러기에는 번역이 무엇인지조차 아무 예감도 못했던 철부지였으니까. 다만 번역물을 읽는 누구나가 가지게 되는, 즉 원문에는 번역문이 다 건지지 못한 더 아름답고 심오한 부분이 남아 있으리라는 기대감 때문이었다고 생각된다. 그만큼 그때 이 책은 내게 성공적으로 감동을 준 셈이었다.

그 후 어쩌다가 독일 문학을 전공하는 길에 들어섰으면서도, 아니, 어쩌면 상당 부분 바로 전공이랍시고 그것에 매달려 있는 탓으로, 나는 고교 시절에 읽었던 《독일인의 사랑》의 세계를 까맣게 잊어버렸다. 더러는 독일어 책을 우리말로 옮겨놓는 일을 해대면서도, 언젠가는 이 책을 우리말로 옮겨보리라던 그 옛날 막연했던 꿈 따위는 물론 당장 닥친 생활과 과제 속에 묻혀버렸다.

거기엔 또 다른 이유도 조금은 있었다. 즉 이미 우리말로 소개된 작품을 굳이 개역하는 일이 과연 어떨까 싶은 나의 작은 의구심 때문이었다. 무슨 특허까지는 아니더라도 그 수많은 외국말에 싸인 엄청난 광맥에서 캐낼 것이 무진장 많은데, 나보다 앞서 캐낸 이의 노고를 뭉개는 일에 끼어든다는 것은 아무래도 꺼림칙한 일인 것이다. 30년이라는 세월에 언어가 변했으면 얼마나 변했으며, 그것이 무슨 큰 변명이 되랴. 번역의 고충을 누구 못지않게 잘 알고 있는 나로서는, 문장 하나 단어 하나를 대할 때마다 똑같이 고심했을 앞서의 역자를 의식하지 않을 수 없었음을 고백한다.

실로 원문에 일치하는 번역이란 불가능하고, 아무리 역자가 안간힘을 써도 군데군데 오역은 불가피하게 남는다. 그렇기는 해도 원문에 가장 근접하는 번역은 단 하나뿐인 것이다. 그렇다고 나의 번역이 그것이 된다는 보장도 없고, 더구나 자신이란 있을 수도 없는 일이다. 다만 이 개역판을 내면서 이덕형 선생님께 지면으로나마 감사의 말을 남기는 것으로 내 찜찜함을 조금이나마 덜고 싶다. 왜냐하면 그 옛날《독일인의 사랑》을 나와 만나게 해준 중개인은 어디까지나 그분임을 부인해서는 안 되기 때문이다.

이미 말했지만 근 30년간《독일인의 사랑》은 나를 거의 떠나 있었다. 언젠가 그 비슷한 시기에 지금은 헐려버린 극장에서 몰래 보았던 〈나의 청춘 마리안〉의 영상과 오버랩되어, 주인공 청년은 벵상을 닮았으리라는, 또 마리아는 마리안과 비슷하리라는 막연한 상상만이 마음 한구석에 살아 있었다. 그러나 이 영상이 그 후 내 생활에 대단히 중요한 몫이었다고는 생각지 않는다.

다만 이 책에서 지금까지도 잊지 못하고 수시로 떠올렸던 장면이 있다면, 그것은 주인공이 소년 시절 사과 가게에서 거스름돈을 둘러싸고 벌였던 에피소드다. 거스름돈 때문에 실랑이를 벌일 필요가 거의 없는 슈퍼마켓에서, 고액권에서 10원짜리 동전까지 차례로 정리된 계산대의 내장을 들여다볼라치면, 20년

전 우리 집 좁은 골목 어귀의 과일 가게 노부부와 거스름돈을 주고받으며 나누었던 정담을 향수처럼 떠올렸고, 그럼 어김없이 《독일인의 사랑》에 나오는 '귀여운 공산주의자'의 모습이 뒤따라 떠오르곤 했다.

계산에 밝지 못한 것, 내 것과 남의 것을 착각하는 것이 참으로 아름다울 수 있다는 것—이것은 똑똑치 못한 생활 태도를 가진 사람들에게는 이처럼 당찮은 변명과 위안이 될 수도 있는 것이다.

이번엔 이 책을 부득이 엄밀하게 읽으면서 나는 소녀 시절에 받았던 감동과 지금의 나의 시각 격차를 새삼 느끼지 않을 수 없었다. 우선 그 옛날 읽고 난 후 자리 잡은 인상처럼, 이 책이 한 순진한 젊은이의 청순한 사랑 이야기에 불과한 것이 결코 아니라는 사실이다. 오히려 사랑이라는 주제를 놓고 집요하고 장황하리만큼 토론이 벌어지는 하나의 철학서 내지는 종교서임을 확인하고, 주인공의 안타까운 감정 변화보다는 토론 내용에 더 큰 관심이 가는 삭막한 나를 발견한 것이다.

이렇듯 같은 책에서도, 나아가서는 같은 인간에게서도 시간과 장소에 따라 우리의 만남의 색채는 달라진다. 그렇다고 그 어느 쪽의 수용 태도가 옳고 좋은 것이라고 단정해서 말할 수는 없을 것이다.

다만 그럼에도 예나 지금이나 부인할 수 없는 점은 이 책이 여전히 아름다운 책이라는 사실이다. 어쩌다 30년 뒤에 내가 살아 있어 이 책을 다시 읽게 된다면 그때의 관심과 시각은 또 달라져 있으리라. 그러나 지금도 장담할 수 있는 것은 그때에 가서도 이 책이 여전히 아름답게 느껴지리란 점이다.

이처럼 《독일인의 사랑》은, 세월이 흘렀어도 주인공 청년의 가슴 깊숙이 자리잡은 마리아의 영상처럼, 우리의 기억 속에 영원히 살아 있을 책이라는 점에는 부인할 여지가 없을 것이다.

《독일인의 사랑》은 19세기에 영국에서 한 독일 언어학자에 의해 씌어진 책이다. 저자의 서문에 밝혀진 1866년이라는 연대와, 옥스퍼드라는 장소, 그리고 독일어 원문으로 씌어진 책자가 (막스 뮐러는 여타 그의 언어학 저술을 영어로 썼다) 이미 이 책의 원적과 주소, 그리고 그 의미의 상당 부분을 시사해준다.

우선 《독일인의 사랑》이라는 작품이 알려진 만큼 작가 막스 뮐러(Friedrich Max Müller, 1823~1900)는 독일에서 저명한 소설가가 아니다. 독문학사에서 차지하는 비중으로 본다면, 그의 아버지 빌헬름 뮐러(Wilhelm Müller, 1794~1827)를 아무래도 따르지 못한다. 빌헬름 뮐러가 《아름다운 물방앗간 처녀》와 《겨울 나그네》 등 불후의 작품을 남긴 독일 낭만주의 시인임은—슈베르트의 덕분이기도 하지만—널리 알려진 사실이다. 그러나 아들의 경우는 문학사보다는 오히려 언어학사에서 차지하는 업적이 한결 괄목할 만하다.

독일 베를린 남서쪽 데사우에서 태어난 그는 베를린대학에서 언어학을 공부한 뒤, 일찍 고향을 떠나 파리에서 인도게르만어와 비교언어학의 권위자인 E. 뷔르노프(Eugène Burnouf, 1801~1852)에게 사사했고, 그 후 영국으로 귀화하여 1850년 이후에는 옥스퍼드대학 언어학 교수로 재직했다("그러는 새에 내게 고향은 타향이 되었고 타향이 고향이 되었다"는 회상의 마지막 고백은 바로 작가의 육성인 셈이다). 옥스퍼드에서 그는《리그베다》를 비롯한 동양 고전에 대한 방대한 연구서(1875년 이후)와,《종교의 기원과 생성》(1878년),《신비주의학》(1897년) 등 다방면의 저서를 남겼다.

위에 약술된 저자의 일생과 주된 업적은《독일인의 사랑》이 왜 우리가 대하는 바로 그런 책(내용과 형식에서)이 되었는가를 많은 부분 설명해준다.

우선 형식 면에서 볼 때 저자는 소설가다운 실험을 별로 시도하지 않았다. 이 책에는 독자적 소설 기법이나 드라마틱한 사건 전개가 거의 없다시피 하다.

일정 기간까지의 과거를 일인칭 주인공 '나'가 '마리아'라는 대상과의 만남을 중심으로 회상하는 것이 사건의 전부다. 비록 여덟 개의 단원으로 구분되어 있기는 하되, 이 수기에는 이렇다 할 사건의 굴절이나 기교적인 시간상의 교체도 가미되지 않는다. '나'의 머리에 떠오른 단상들이 연대기적으로, 어떻게 보면 단조로울 정도로 잔잔하게 전개될 뿐이다.

주인공이라면 '나'와 '마리아', 그리고 그들 사이에 종종 다리가 되어주는 의사의 등장이 고작이며, 눈에 띄는 부대 사건도 별로 없다. 요컨대 주인공들 사이에 벌어지는 사건에는 드라마틱한 갈등이나 절정도, 급격한 사건 전환도 없는 것이다. 작가는 오히려 이 같은 상승이나 하강의 전제를 미리부터 배제하고 줄거리를 발단시킨다(마리아의 불치의 병고는 이미 죽음이 예고된 것이다).

그러면 결함이라면 결함일 수 있는 이와 같은 단조로운 형식과 사건 전개에도 아랑곳없이 이 책의 무엇이 독자를 매료시키는가?

첫째, 그것은 문체라 여겨진다. 막스 뮐러는 이미 말했듯이 시인은 아니었다. 그러나 우리는 이 작품에서, 작가가 이미 어린 시절에 여읜 선친의 혼을 느끼지 않을 수 없다. '바위 그늘에 핀 물망초'처럼 눈에 띄지 않는 주변 사물을 비롯하여 마음 깊숙이 뿌리 내린 섬세한 감정에 이르기까지 엄밀하게 파고들어 관찰하는 태도는 분명 학자인 아들의 것이되, 그것을 싣고 가는 언어는 낭만주의 시인인 아버지에게서 이어받은 것임을 쉽게 알아볼 수 있다.

이 문체에는 격정적인 수사나 화려한 미사여구가 별로 요란하게 동원되지는 않는다. 그런데도 잔잔한 강물처럼 유려하게 흐르는 문체를 따라가다 보면, 우리는 어느 자연 수필의 대가의 면모를, 또는 의식의 흐름을 타고 '잃어버린 시간'을 찾아가는 프루스트의 체취를 느끼게 되는 것이다. 따라서 이 힘이 곧 형식의 단조로움을 보완해줄 뿐 아니라, 이 문체야말로 그런 형식이어야 한다는 확신까지 준다.

둘째, 이 수기에 등장하는 인물은 단 세 명뿐이지만, 그들 모두가 너무나 아름다운 인물이라는 점이다. 어떻게 보면 이 세상 사람 같지 않을 정도로, 그들은 '타인'을 극복하는 능력을 타고나, 서로가 서로를 배려하는 사랑을 보여준다. 뿐만 아니라 간간이 떠오르는 주변 인물들 역시 아름다운 마음씨와 꿈을 지닌 인물들이다. 어린 주인공에게 별 하늘을 보여주는 어머니, 자신의 금팔찌를 아이들 장난감으로 선뜻 내주는 후작 부인 등 신분을 막론하고 이 책 어느 구석에도 구체적 악인의 모습은 한 번도 등장하지 않는다.

이 같은 요소는 죽음과 지상에서 이뤄지지 않는 사랑이라는 비극적 주제까지 끝내 밝게 조명해주는 햇빛의 역할을 한다. 그리하여 읽는 이로 하여금 '세상은 살아봄직한 것'이라는 긍정적 확신을 준다.

셋째, 가장 중요한 것으로—아마도 작가는 이를 전달하기 위해 이 책을 썼을 것이다—이 책이 담고 있는 내용의 무게다. 이 책자 중에서 《독일 신학》과 연관시켜 마리아가 말한 것처럼, 작가는 '형식'이라는 틀에 구애받지 않고, "씨 뿌리는 농부처럼 단 몇 알의 씨앗이라도 비옥한 땅에 떨어지면 천 갑절 결실을 맺으리라는 희망을 품고서" 자신이 얘기하고자 하는 사상을 도처에 뿌리고 있다.

그렇다면 작가가 꼭 어딘가에 떨어져 맺어지길 바라며 뿌린 씨앗은 무엇일까?—그것은 진정한 사랑의 인식이다. 진정한 의미에서의 기독교적 사랑을 회복시키려는 작가의 열망을 우리는 작품 도처에서 호흡하게 된다. 이 사랑의 실체를 규명하기 위해 작가는 서로 신분이 다른 한 남녀 간의 사랑을 중심부에 내세우고, 이 사랑이 기독교적 사랑과 어떻게 조화를 이룰 수 있는지 그 화해점을 진지하게 모색하는 것이다.

이러한 모색 과정은 이 수기에서 두 개의 평행선을 이루며 전개된다.

그 하나가 주인공 '나'와 '마리아' 간에 표면적 사건으로 부각된 남녀 간의 사랑이다.

세상에서 열거할 수 있는 숱한 사랑 중에서 아마 남녀 간의 사랑처럼 이기적인 것은 없을 것이다. 사랑하는 남녀는 상대를 독점코자 하며, 이 독점의 상태가 여의치 않으면 불가피하게 갈등과 비극이 뒤따른다. 이런 남녀 간의 사랑이 어떻게 '만인의 타인'에 대한 기독교적 사랑과 일치할 수 있을까? 실로 이는 어려운 과제이며, 무수한 사랑의 철학이 전개되어도 영원히 쉽게 풀리지 않을 수수께끼일 것이다.

그러나《독일인의 사랑》의 저자는 이 수수께끼를 풀려고 시도한다. 그리고 끝내는 성공적으로 풀어낸다. 작가는 이 해결이 건강한 보통의 세속 남녀 사이에서는 실로 어려운 일임을 알고 있었다. 그래서 마리아에게 불치의 병고를 줌으로써 그 해결의 전제를 포석한다.

어릴 때부터 죽음을 선고받고, 살았다 해도 항상 타인에 의존하여 누워 지낼 수밖에 없는 마리아—한마디로 그녀는 세속적 의미에서의 건강한 남녀 관계를 기대할 수 없는 여인이다. 그러나 몸은 부자유스러워도 오히려 그렇기 때문에 그녀에게 누구보다 순수하게 살아 있는 몫이 있으니, 그것은 그녀의 영혼이다. 따라서 주인공 청년을 마리아에게 접근시키는 주된 힘은 이미 육체의 상당 몫을 체념 내지는 배제해버린 '영혼'* 이다. 이로써 순애의 발판이 무리 없이 마련된다.

---

* 《독일인의 사랑》을 번역하면서, 비록 헤아려보지는 않았지만, 가장 많이 부딪친 단어가 '영혼(Seele)'이라는 말일 듯싶다. 현대에 와서, 특히 1, 2차 세계대전을 치른 독일 국민들이 잃어버렸다고, 죽었다고 선고한 말들 가운데 대표적인 예가 바로 이 말이다. 현대에 살고 있는, 또 현대 문학에 익숙해진 역자로서는 솔직히 말해서 이 단어에 부딪칠 때마다 죽은 혼을 만나는 것 같은 곤혹감을 느끼지 않을 수 없었고, 그럼에도 우리는 이 말을 살려야 존속하리라는 강박감을 느꼈다.

그렇다고 작가가 실재를 무시한 맹목적 신비주의를 전개하지는 않으며, 주인공 청년을 아무런 갈등 없는 초인으로 비인간화시키지는 않는다. 그는 당연히 청년답게 외친다.

> 오, 육체 없이도 정신이 존재할 수 있다는 듯이 정신을 들먹이지 마라! […] 육체 없는 정신이란 존재치 않는다. 그렇다면 그건 한낱 유령일 뿐. 정신 없는 육체란 존재하지 않는다. 그렇다면 그건 한낱 시체일 뿐.

이러한 주인공의 갈등적 사랑이 어떻게 승화되어 불멸의 것으로 화할 수 있는가?

작가는 이들의 관계를 단순한 감정상 순애보에 멈추게 하지 않음으로써 이 문제를 극복한다. 작가가 진정으로 이 책을 통해 풀고자 했던 주제, 즉 진정한 의미에서의 기독교적 사랑에 대한 규명이 두 남녀의 진지한 토론을 통해 또 하나의 보이지 않는 굵은 선을 그으며 전개되는 것이다.

물론 대부분의 토론이 그렇듯, 진정한 사랑이 무엇인가에 대한 정답이 이 토론 과정에서 명료하게 말해지지는 않는다. 오히려 진정한 사랑이 될 수 없는 것이 무엇인가, 그것의 장애물이 무엇인가에 대한 논박—즉 교회 기독교가 그릇되게 몰아온 율법주의와 도그마티즘(다섯째 회상), 그리고 '담쟁이덩굴'처럼 허

울은 좋지만 내면을 파고들어 결속을 파괴하는 사회적 인습(여섯째 회상)에 대한 공격이 많은 지면을 차지한다.

그럼에도 사랑에 대한 정답은 전혀 다른 식으로, 즉 이 책에 군데군데 뿌려진 주인공들의 태도와 에피소드를 통해 충분히 주어진다. 사랑은 '왜'라고 묻지 않는 것, 타산을 하지 않는 것이라는 극히 가까우면서도 먼 진리다. 왜 자신을 사랑하느냐고 묻는 마리아에게 주인공 청년은 이렇게 외친다.

> "왜라니요? 어린애한테 왜 태어났느냐고 물어보십시오. 꽃한테 왜 피었느냐고, 태양에게 왜 비추느냐고 물어보십시오. 나는 당신을 사랑하도록 되어 있기 때문에 사랑하는 겁니다."

여기에서 '해부용 표본'처럼 인간을 분해하는 합리주의 및 주지주의를 배격하는 작가의 신비주의적 관념론이 웅변으로 말해진다.

> 어차피 우리 자신의 마음속이 불가사의한 것투성이인데, 왜 인간의 영혼 안에서 벌어지는 것을 모조리 알려고 하는가? 자연에서든, 인간의 마음속에서든, 자신의 가슴속에서든 우리를 가장 매료시키는 것은 해명할 수 없는 것들 천지가 아닌가?

이러한 신비를 따지지 않고 인정할 때에야, 즉 그것이 '신의 뜻'임을 겸허하게 수용할 때에야 비로소 진정한 사랑과 생명과 인간에 대한 기쁨이 열리게 된다는 것이다.

그러나 막스 뮐러는 신비주의적 경향에 무작정 빠져들어 얼버무리는 것으로 이 문제에 임하지는 않았다. 실로 이 작품에서 가장 괄목되고 탁월한 부분은, '소유'라는 사회적 개념을 놓고 그 절묘한 묘사를 통해 진정한 사랑의 실체를 규명해내는 작가의 솜씨라고 여겨진다.

사랑의 바탕을 지닌 마음은 신분이 높은 사람과 낮은 사람, '내 것'과 '남의 것'을, '나'와 '타인'을 따지지 않는다. 어린이의 경우가 그렇다.

> 어린 공자에게 속한 것이면 무엇이든 나도 가질 수 있었다. 최소한 나는 그렇게 믿었다.

그리고 황금 뱀팔찌 사건을 보자. 장난감으로 받은 후작 부인의 팔찌는 소년의 티없는 마음을 통해 서슴없이 감옥에 남편을 둔 불행한 여인에게 넘어간다. 이어서 거스름돈이 없어 난처해하는 사과 가게 아줌마에게 제 주머니의 잔돈을 내주는 천진한 태도. 여기에 무슨 신분 의식이 있고 소유 의식이 있는가?—이처럼 '내 것'과 '남의 것'의 한계를 모르는 사랑스런 마음은 곧 마리아와의 사랑으로 연결된다. 그녀가 준 반지를 되돌려주며 소년은 말한다.

"너의 것은 곧 나의 것이니까."—네가 갖고 있으면 내 것이나 마찬가지로 나도 행복할 수 있는 사랑의 실체를 이 소년은 선험적으로 알고 있다. 이러한 에피소드들은 읽는 이에게까지 그런 소년을 만난다면 꼭 껴안아주고 싶은 사랑의 마음을 불러일으킨다.

이와 같이 아무 의식 없이 우러나는 미숙한 사랑은, 소년이 마리아와 더불어 성숙해가면서도 어른 세계의 갈등과 고뇌를 이기는 힘이 된다.

> 너의 오빠라도 좋고
>
> 너의 아버지라도 좋다. 아니 너를 위해 세상 무엇이라도 되고 싶다.

나의 것이 되어달라고 요구하는 사랑이 아니라 그 '무엇'이든 너의 것이 되고 싶다고 말하는 사랑—이 사랑은 마리아가 마지막 남긴 말로 응답을 받는다.

"당신의 것은 나의 것입니다." 어린 소년 시절 무의식적으로 한 사랑의 고백은 의식된 응답으로 그 성숙한 대위점을 찾는다.

이는 동시에 남녀 간의 사랑과 진정한 의미의 기독교적 사랑의 평행선이 만나게 되는 기적을 개막시킨다. 이 사랑은 남자와 여자, 평민과 귀족, 건강한 사람과 병든 사람, 삶과 죽음 등 모든 갈라진 것을 극복하는 힘으로 부상한다.

이 소설은 비록 드라마틱한 대단원을 갖고 있지는 않으나, 단단한 결론부로 마무리되고 있다. 마리아의 어머니와의 사랑의 비밀을 털어놓는 의사의 마지막 고백은, 이 수기에서 유일하게 테크닉 면으로도 극적 효과를 거두고 있을 뿐 아니라, 주인공들이 지향했던 사랑의 의미에 대한 종합적 해설이 되고 있다.

베르테르처럼 자살로 끝나는 이기적인 격정은 이미 사랑이 아님을 의사는 조용히 역설한다. 그리고 삶을 짊어지는 사랑, 흘러간 사랑을 원천으로 하여 백만인의 타인을 향해 또 다른 사랑을 펴 줄 수 있는 진정한 의미에서의 사랑을 실천하기를 요구하는 것이다.

> "자네가 아는 인간들을 도와주게나. 그들을 사랑하면서, 한때 이 세상에서 마리아 같은 성품의 인간을 만나 알고 지냈으며 사랑했던 사실을 신에게 감사하게. 또 그녀를 잃은 것까지도."

여기에 우리는, 낭만 시인인 아버지를 둔 아들의 진면목을 만나게 된다. 약혼녀 소피를 떠나보내고 이승과 저승을 뛰어넘는 사랑을 추구했던 저 《푸른 꽃》의 저자 노발리스의 후예를 보게 되는 것이다.

1860년대라면 독일에서는 이미 낭만주의자들이 꼬리를 감추었던 시기다. 칼 마르크스가 나왔고, 청년독일파들이 사회 참여를 부르짖었으며, 곧이어 사실주의, 실증주의가 고개를 들고 있었다. 이런 시기에 뮐러가 낭만주의적 '영혼'을 고스란히 보존할 수 있었다는 것은 영국의 자연 시인 워즈워스의 영향 덕분이었을 수도 있다.

그러나 한편으로 이 수기는, 어린 시절 독일 땅의 낭만주의적 분위기에서 자랐을 작가가 이국 땅의 '타인들' 속에 살면서 지난날의 독일에 대한 향수를 고백함과 동시에, 타인과의 화해를 모색한 시도라고도 보인다.

분명한 점은, 어느 시대 어느 땅에 살든 낭만적 요소 및 영원한 사랑에의 갈구는 누구에게나 있다는 사실이다. 1백여 년 전에 비하면 우리는 무섭게 감정이 메마른 시대에 살고 있다. 그럼에도, 아니 필시 그렇기 때문에 더욱 우리는 이 책을 읽고 감동을 받는지 모른다. 그런 의미에서 이 감동은 영원하리라.

끝으로 이 책의 제목에 관해 약간 부연할까 한다. 책의 원제는 Deutsche Liebe이다. 원제가 포함하는 의미는 여러 가지일 수 있고, 따라서 그것에서 해석할 수 있는 우리말도 한마디로는 확정키 어렵다.

문법적으로 엄밀히 따진다면, 이 책에 전개된 사랑을 어느 일반적 사례로 볼 때 '한(Eine)'이라는 부정관사가 요구되며, 특수 경우로 승격시킨다면 '그(Die)'라는 정관사가 요구된다. 그런데 원제에는 아무 관사가 붙어 있지 않다. 따라서 이런 맥락에서 본다면 일반적인 '독일인들의 사랑'이라는 해석이 나온다. 그럼 독일인들 모두가 이 소설의 주인공과 같은 사랑을 한다는 말인가? 이 역시 어폐가 있는 말이다.

'Deutsch'라는 말의 어원을 보면 특정한 민족이나 종족을 지칭한 이름에서 파생된 말이 아니고, 그 자체가 '민족, 종족에 속한'이라는 뜻이었다. 그래서 이 말은 주로 고대 및 중세 유럽사에서 지배층이었던 라틴 민족에 대립되는 모든 것—즉 민족의식이나 사람, 땅, 언어를 가리키는 것으로 사용되어왔다. 예를 들어, 언어 면에서 본다면, 귀족이나 고급 지식인, 사제 간에만 통용되던 라틴어에 대립되는 민간어를 지칭했다. 이 의미층이 확대되어 근세에서는 독일 민족의 특성을 포괄하는 말로도 쓰이게 되었다. 좋은 의미로는 성실, 신의, 철저성을, 나쁜 의미로는 우둔함, 고루함을 지칭한다.

언어학자인 작가가 그냥 무심히 선택하지는 않았을 이 제목에는 이처럼 여러 의미층이 내포되어 있다. 따라서 작가가 책 내용에도 살그머니 강조한 '초원에 핀 들국화처럼 우리의 발밑에 놓인 아름다움'에 대한 사랑을 염두에 둔다면 귀족 아닌 '필부의 사랑'으로—또 영국에 귀화한 작가가 어린 시절 독일을 회상하는 측면을 고려한다면 '독일에서의 사랑'으로—주인공들이 사랑에 임하는 진지성을 고려한다면 '투철한 사랑'으로—반대로 이미 그 시대에도 희귀했을 이 같은 사랑에 대한 풍자가 조금이라도 담겼다면 '고루한 사랑'으로 해석될 수 있다.

우리나라에 소개되어 알려진《독일인의 사랑》이라는 제목은 미흡하고 막연하지만, 결국 그럴 수밖에 없는 선택이었다는 생각이 든다. 이 기회에 이렇듯 장황하게 제목의 복합성을 열거해 본 것은, 다만 번역이란 이토록 미흡할 수밖에 없는 것이며, 그 의미를 모두 포괄 흡수하려면 결국 다른 나라 문화를 알려는 독자들의 노력도 요구된다는 점을 말하고 싶어서다.

《독일인의 사랑》을 다시 한번 만날 기회를 주신 문예출판사에 감사하며, 자라나는 청소년들에게 이 책이 아름다운 사랑과 추억을 심어주는, 또 '황금 속에 박힌 진주보다 풀줄기 위에 맺힌 이슬방울의 아름다움'을 아는 마음을 심어주는 영상이 되기를 기원한다.

차경아

옮긴이 **차경아**

서울대학교 문리대 독문과와 같은 학교 대학원을 졸업하고,
독일 본대학교에서 수학했다. 서강대학교에서 문학박사 학위를 받고
경기대학교 유럽어문학부 독어독문학과 교수로 재직했다.
주요 번역서로 안톤 슈낙의 《우리를 슬프게 하는 것들》,
미카엘 엔데의 《모모》, 《뮈렌왕자》, 《끝없는 이야기》,
헤르만 헤세의 《싯다르타》, 잉게보르크 바흐만의 《말리나》,
《삼십세》, 《만하탄의 선신》 등이 있다.

독일인의 사랑

1판 1쇄 발행 1987년 12월 30일
6판 4쇄 발행 2022년 8월 10일

지은이 막스 뮐러 | **옮긴이** 차경아
펴낸곳 (주)문예출판사 | **펴낸이** 전준배
출판등록 2004. 02. 12. 제 2013-000360호 (1966. 12. 2. 제 1-134호)
주 소 03992 서울시 마포구 월드컵북로 6길 30
전 화 393-5681 | **팩 스** 393-5685
홈페이지 www.moonye.com | **블로그** blog.naver.com/imoonye
페이스북 www.facebook.com/moonyepublishing | **이메일** info@moonye.com

ISBN 978-89-310-0976-7 03850

• 잘못 만든 책은 구입하신 서점에서 바꿔드립니다.

문예출판사® 상표등록 제 40-0833187호, 제 41-0200044호

■ 문예 세계문학선

★ 서울대, 연세대, 고려대 필독 권장도서 ▲ 미국 대학위원회 추천도서
● 《타임》 선정 현대 100대 영문 소설 ▽ 《뉴스위크》 선정 세계 100대 명저

1 **젊은 베르테르의 슬픔** 괴테 / 송영택 옮김
▲▽ 2 **멋진 신세계** 올더스 헉슬리 / 이덕형 옮김
▲●▽ 3 **호밀밭의 파수꾼** J. D. 샐린저 / 이덕형 옮김
4 **데미안** 헤르만 헤세 / 구기성 옮김
5 **생의 한가운데** 루이제 린저 / 전혜린 옮김
6 **대지** 펄 S. 벅 / 안정효 옮김
●▽ 7 **1984년** 조지 오웰 / 김병익 옮김
▲●▽ 8 **위대한 개츠비** F. 스콧 피츠제럴드 / 송무 옮김
▲●▽ 9 **파리대왕** 윌리엄 골딩 / 이덕형 옮김
10 **삼십세** 잉게보르크 바흐만 / 차경아 옮김
★▲ 11 **오이디푸스왕 · 안티고네** 소포클레스 · 아이스퀼로스 / 천병희 옮김
★▲ 12 **주홍글씨** 너새니얼 호손 / 조승국 옮김
▲●▽ 13 **동물농장** 조지 오웰 / 김병익 옮김
★ 14 **마음** 나쓰메 소세키 / 오유리 옮김
★ 15 **아Q정전 · 광인일기** 루쉰 / 정석원 옮김
16 **개선문** 레마르크 / 송영택 옮김
★ 17 **구토** 장 폴 사르트르 / 방곤 옮김
18 **노인과 바다** 어니스트 헤밍웨이 / 이경식 옮김
19 **좁은 문** 앙드레 지드 / 오현우 옮김
★▲ 20 **변신 · 시골 의사** 프란츠 카프카 / 이덕형 옮김
★▲ 21 **이방인** 알베르 카뮈 / 이휘영 옮김
22 **지하생활자의 수기** 도스토옙스키 / 이동현 옮김
★ 23 **설국** 가와바타 야스나리 / 장경룡 옮김
★▲ 24 **이반 데니소비치의 하루** A. 솔제니친 / 이동현 옮김
25 **더블린 사람들** 제임스 조이스 / 김병철 옮김
★ 26 **여자의 일생** 기 드 모파상 / 신인영 옮김
27 **달과 6펜스** 서머싯 몸 / 안흥규 옮김
28 **지옥** 앙리 바르뷔스 / 오현우 옮김
★▲ 29 **젊은 예술가의 초상** 제임스 조이스 / 여석기 옮김
▲ 30 **검은 고양이** 애드거 앨런 포 / 김기철 옮김
★ 31 **도련님** 나쓰메 소세키 / 오유리 옮김
32 **우리 시대의 아이** 외된 폰 호르바트 / 조경수 옮김
33 **잃어버린 지평선** 제임스 힐턴 / 이경식 옮김
34 **지상의 양식** 앙드레 지드 / 김붕구 옮김
35 **체호프 단편선** 안톤 체호프 / 김학수 옮김
36 **인간실격 · 사양** 다자이 오사무 / 오유리 옮김
37 **위기의 여자** 시몬 드 보부아르 / 손장순 옮김
●▽ 38 **댈러웨이 부인** 버지니아 울프 / 나영균 옮김
39 **인간희극** 윌리엄 사로얀 / 안정효 옮김
40 **오 헨리 단편선** O. 헨리 / 이성호 옮김
★ 41 **말테의 수기** R. M. 릴케 / 박환덕 옮김
42 **파비안** 에리히 케스트너 / 전혜린 옮김
★▲▽ 43 **햄릿** 윌리엄 셰익스피어 / 여석기 옮김
44 **바라바** 페르 라게르크비스트 / 한영환 옮김
45 **토니오 크뢰거** 토마스 만 / 강두식 옮김
46 **첫사랑** 투르게네프 / 김학수 옮김
47 **제3의 사나이** 그레엄 그린 / 안흥규 옮김
★▲▽ 48 **어둠의 속** 조셉 콘래드 / 이덕형 옮김
49 **싯다르타** 헤르만 헤세 / 차경아 옮김
50 **모파상 단편선** 기 드 모파상 / 김동현 · 김사행 옮김
51 **찰스 램 수필선** 찰스 램 / 김기철 옮김
★▲▽ 52 **보바리 부인** 귀스타브 플로베르 / 민희식 옮김
53 **페터 카멘친트** 헤르만 헤세 / 박종서 옮김
★ 54 **몽테뉴 수상록** 몽테뉴 / 손우성 옮김
55 **알퐁스 도데 단편선** 알퐁스 도데 / 김사행 옮김
56 **베이컨 수필집** 프랜시스 베이컨 / 김길중 옮김
★▲ 57 **인형의 집** 헨릭 입센 / 안동민 옮김
★ 58 **심판** 프란츠 카프카 / 김현성 옮김
★▲ 59 **테스** 토마스 하디 / 이종구 옮김
★▽ 60 **리어왕** 셰익스피어 / 이종구 옮김
61 **라쇼몽** 아쿠타가와 류노스케 / 김영식 옮김
▲▽ 62 **프랑켄슈타인** 메리 셸리 / 임종기 옮김
▲●▽ 63 **등대로** 버지니아 울프 / 이숙자 옮김
64 **명상록** 마르쿠스 아우렐리우스 / 이덕형 옮김
65 **가든 파티** 캐서린 맨스필드 / 이덕형 옮김
66 **투명인간** H. G. 웰스 / 임종기 옮김
67 **게르트루트** 헤르만 헤세 / 송영택 옮김
68 **피가로의 결혼** 보마르셰 / 민희식 옮김

(뒷면 계속)

★ 69 **팡세** 블레즈 파스칼 / 하동훈 옮김
70 **한국 단편 소설선 1** 김동인 외
71 **지킬 박사와 하이드** 로버트 L. 스티븐슨 / 김세미 옮김
▲ 72 **밤으로의 긴 여로** 유진 오닐 / 박윤정 옮김
★▲▽ 73 **허클베리 핀의 모험** 마크 트웨인 / 이덕형 옮김
74 **이선 프롬** 이디스 워튼 / 손영미 옮김
75 **크리스마스 캐럴** 찰스 디킨슨 / 김세미 옮김
★▲ 76 **파우스트** 요한 볼프강 폰 괴테 / 정경석 옮김
▲ 77 **야성의 부름** 잭 런던 / 임종기 옮김
★▲ 78 **고도를 기다리며** 사뮈엘 베케트 / 홍복유 옮김
★▲▽ 79 **걸리버 여행기** 조너선 스위프트 / 박용수 옮김
80 **톰 소여의 모험** 마크 트웨인 / 이덕형 옮김
★▲▽ 81 **오만과 편견** 제인 오스틴 / 박용수 옮김
★▽ 82 **오셀로 · 템페스트** 윌리엄 셰익스피어 / 오화섭 옮김
★ 83 **맥베스** 윌리엄 셰익스피어 / 이종구 옮김
▽ 84 **순수의 시대** 이디스 워튼 / 이미선 옮김
★ 85 **차라투스트라는 이렇게 말했다** 니체 / 황문수 옮김
★ 86 **그리스 로마 신화** 에디스 해밀턴 / 장왕록 옮김
87 **모로 박사의 섬** H. G. 웰스 / 한동훈 옮김
88 **유토피아** 토머스 모어 / 김남우 옮김
★▲ 89 **로빈슨 크루소** 대니얼 디포 / 이덕형 옮김
90 **자기만의 방** 버지니아 울프 / 정윤조 옮김
▲ 91 **월든** 헨리 D. 소로 / 이덕형 옮김
92 **나는 고양이로소이다** 나쓰메 소세키 / 김영식 옮김
★ 93 **폭풍의 언덕** 에밀리 브론테 / 이덕형 옮김
★▲ 94 **스완네 쪽으로** 마르셀 프루스트 / 김인환 옮김
★ 95 **이솝 우화** 이솝 / 이덕형 옮김
★ 96 **페스트** 알베르 카뮈 / 이휘영 옮김
▲ 97 **도리언 그레이의 초상** 오스카 와일드 / 임종기 옮김
98 **기러기** 모리 오가이 / 김영식 옮김
★▲ 99 **제인 에어 1** 샬럿 브론테 / 이덕형 옮김
★▲100 **제인 에어 2** 샬럿 브론테 / 이덕형 옮김

101 **방황** 루쉰 / 정석원 옮김
102 **타임머신** H. G. 웰스 / 임종기 옮김
●103 **보이지 않는 인간 1** 랠프 엘리슨 / 송무 옮김
●104 **보이지 않는 인간 2** 랠프 엘리슨 / 송무 옮김
▲105 **훌륭한 군인** 포드 매덕스 포드 / 손영미 옮김
106 **수레바퀴 아래서** 헤르만 헤세 / 송영택 옮김
▲107 **죄와 벌 1** 도스토옙스키 / 김학수 옮김
▲108 **죄와 벌 2** 도스토옙스키 / 김학수 옮김
109 **밤의 노예** 미셸 오스트 / 이재형 옮김
110 **바다여 바다여 1** 아이리스 머독 / 안정효 옮김
111 **바다여 바다여 2** 아이리스 머독 / 안정효 옮김
112 **부활 1** 톨스토이 / 김학수 옮김
113 **부활 2** 톨스토이 / 김학수 옮김
▲●114 **그들의 눈은 신을 보고 있었다** 조라 닐 허스턴 / 이미선 옮김
115 **약속** 프리드리히 뒤렌마트 / 차경아 옮김
116 **제니의 초상** 로버트 네이선 / 이덕희 옮김
117 **트로일러스와 크리세이드** 제프리 초서 / 김영남 옮김
118 **사람은 무엇으로 사는가** 톨스토이 / 이순영 옮김
119 **전락** 알베르 카뮈 / 이휘영 옮김
120 **독일인의 사랑** 막스 뮐러 / 차경아 옮김
121 **릴케 단편선** R. M. 릴케 / 송영택 옮김
122 **이반 일리치의 죽음** 톨스토이 / 이순영 옮김
123 **판사와 형리** F. 뒤렌마트 / 차경아 옮김
124 **보트 위의 세 남자** 제롬 K. 제롬 / 김이선 옮김
125 **자전거를 탄 세 남자** 제롬 K. 제롬 / 김이선 옮김
126 **사랑하는 하느님 이야기** R. M. 릴케 / 송영택 옮
127 **그리스인 조르바** 니코스 카잔차키스 / 이재형 옮
128 **여자 없는 남자들** 어니스트 헤밍웨이 / 이종인 옮